ひまわりの咲くまち

フェアリーテール　原作
村上早紀　著

PARADIGM　NOVELS 167

登場人物

恋塚《こいづか》 英一《えいいち》

大学二年生。夏休みに祖父の重正に呼ばれ、恋之湯の管理を任されてしまう。ウソのつけない性格。

花園《はなぞの》 さくら　近所の花屋の看板娘で祭里の親友。自分の家よりも恋之湯にいるほうが多い。

雛咲《ひなさき》 祭里《まつり》　英一の幼なじみで下宿の管理人でもある。料理上手。恋之湯の管理もしている。

葵《あおい》 夏流《なつる》　職業不明の恋之湯下宿人。日本酒が大好き。天然ボケで一日中ボ～っとしている。

三梨《みつなし》 涼子《りょうこ》　真面目で曲がったことが嫌い。英一のことを良く思っておらず、きつくあたる。

藤村《ふじむら》 由利《ゆり》　工学大学の院生で、妙な発明品を作る天才。ちょっと潔癖性で男嫌いの面もある。

エレナ・リリィベル　日本の歴史や文化を学んでいる留学生。恋之湯で忍術の修行をしている。

プロローグ　祭里

第一章　エレナ

第四章　由利

目次

プロローグ

夏のにおいって、あるよな。

草いきれ、熱っぽい空気。ほこりっぽさと、学校のプールの塩素とか蚊取《かと》り線香とかのにおいがごちゃ混ぜになった、なつかしい感じ。

この町は、そんなにおいでいっぱいだ。

だけど——ほんとに。この町は、よくもまあこんなに変わらずにいたもんだと、歩きながらオレはしみじみ思う。

そりゃあ、あちこち微妙《びみょう》に違ってるんだけど、雰囲気はそっくり昔のまんま。自分が今何歳なのかふとわからなくなって、夏休みの宿題やんなくっちゃな、なんて思ったりして。もうそんなのはとっくに卒業して、大学に通ってるっていうのにな。

そうそう、よく歩いたよなあ……この道。そして、この角を曲がると——。

「おい英一《えいいち》！　早く来んかい！」

うへ。曲がった途端に怒鳴《どな》られた。

じいちゃんだ。ちぇっ、なんだよ、人がせっかく郷愁《きょうしゅう》にひたってたっていうのにさ。

「なーにをもたもた歩いておるんじゃ！　約束の時間はとっくに過ぎとるじゃろう！　ほれ、さっさと来い！」

へいへい、走りますよ、走ればいいんだろ？

でも、じいちゃんの隣りにいるすげえ美人は誰《だれ》だろう？　っていうか、何でじいちゃんは家の外にいるんだ？　孫のオレをわざわざ出迎えて待ってるって殊勝なタイプじゃなかったけどなぁ……。

「まったく、おまえは昔から全然変わらんなぁ！　ちっとも時間を守らん。年がら年中寝坊して、夏休みのラジオ体操もさぼりまくりじゃったろう！」

「会った途端に、思い出したみたいに小言言うなよ、じいちゃん」

そう言うと、じいちゃんはからからと笑った。

「はははは、すまんのお。いや、わしも気が急《せ》いておるんじゃ。船が出てしまうからな」

「へ……船？」

「そうですわ、あなた。新婚旅行に遅れるなんて、しゃれになりませんわよ」

……はあ？

「おい、何を鳩《はと》が豆鉄砲喰《く》らったような顔をしてるんじゃ、英一」

な、なんでじいちゃんの隣りにいる美人のおねーさんが、じいちゃんに向かって『あなた』って……それに、おい！

「し……新婚旅行だぁ？」

「うん？　おまえに言ってなかったか？」

知らないよ知らない！　初耳だ！

オレは首を思いきりぶんぶんと振った。

「おお、そうか。それはうっかりしとったな。いやな、この間、この雅美《まさみ》と結婚したんじゃよ。それで世界一周の新婚旅行に出ることになってるんじゃ」

「重正《しげまさ》さんの妻の雅美です。よろしくお願いしますね」

「は……はあ、こちらこそ……」

雅美さん、っていうのか。あんまり美人で、化粧《けしょう》もばっちり決まってるオトナの女性って感じで、オレは気圧《けお》されて頭を下げた。

「雅美は優秀な弁護士でな。美人なだけでなく、頭もいいんじゃよ」

「まあ、重正さんたら。そんな誉《ほ》めないでください」

ふうん……弁護士ねえ。なるほど、知性を感じる美貌《びぼう》だよなあ……。

——って。そんなこと考えてる場合か！

「おい、じいちゃん、どういうことだよ。じゃあこの『恋之湯《こいのゆ》』はどうするんだよっ！」

「じゃからおまえを呼んだんじゃろう。世界一周の船旅じゃ。一年半くらいはかかるかのう。その間、おまえをオーナー代理として恋之湯の管理を任せようと思ってな。収入の一割は小づかいじゃ。好きに使え」

……いきなりすぎて、反論の言葉も浮かばないぞ、おい。

「それにな」

じいちゃんは、サングラスの下からウインクした。

「管理人も住人も、みーんな女のコじゃ」

住人？　あ、そうか——恋之湯は重正じいちゃんがずっと経営してる銭湯だけど、ばあちゃんが亡くなってから広すぎるからって、下宿も作ったって言ってたっけ。

「ん？　管理人？」

オレが管理するとかいう話だったんじゃ……？

「そうじゃ。不器用で未経験なおまえひとりで、恋之湯が管理できるわけなかろう」

よけいなお世話だよ、と言いたかったけど、確かに管理人がいてくれるなら話はもうちょっとマシになる。だいたいオレは大学生であって、下宿していいっていうから来たわけで、恋之湯の管理をするためじゃないって！

「おーい、祭里《まつり》ちゃんや！」

と、じいちゃんが恋之湯の奥に向かって声をかけた。

祭里……？　祭里、って——まさか、あの……？

「……という感じかな。全然、変わってないでしょう？」

「相変わらずボロで、相変わらずなつかしいな。よくもってるなあ、恋之湯」

「まあ、老朽化《ろうきゅうか》は激しいんだけどね。でもこの雰囲気が、みんな好きなのよ」

一応一通り、恋之湯と下宿の中を説明した祭里が、肩をすくめて笑った。

それにしても、これが雛咲《ひなさき》祭里？　真っ黒でちんちくりんで、オトコだかオンナだかわかんなかった、あの祭里かよ？

オレは何度見ても信じられなかった。この町も恋之湯もちっとも変わってないのに、女の子って成長するもんだよなあ……。

「あ、そうだ、お兄ちゃん」

「うわあ！」

目の前で揺れる大きなリボンときゃしゃなウエストに見とれてたら、祭里にぶつかりそうになって、あわててオレは立ち止まった。

「歓迎会を開こうってことになってるんだけど、今夜。だいじょうぶかなあ？」

祭里は小さい頃《ころ》のまま、オレを『お兄ちゃん』と呼ぶ。日焼けして、歯だけ真っ白だったチビの時代の名残《なごり》だ。だけど、それがなんだかくすぐったく感じられるのは、祭里がはっきり言って、めちゃめちゃかわいくなってるからだろう。

「歓迎会？」

「うん。下宿のみんなで」

そういえば——じいちゃんが、下宿人はみんな女の子とか言ってたっけ。

「……って、いつの間にか、オレってここに絶対下宿することに決まってるし」

Co

そりゃあ、空《あ》いている部屋があるから来いとは言われたけど。夏休みだから様子を見て、よさそうだったらホントに住んでもいいよなあ、とも思ってたけど。

「だって、家財道具一式運ばれちゃってるんだもん。帰る場所ないでしょ、お兄ちゃん」

そうなんだよ。じいちゃん、いつの間にかオレの下宿から一式こっちに家具から何から運び込んでやんの。最近の引っ越し屋は手際がいいんだろうけど、ともすれば犯罪と間違えられるぞ。

「とりあえず、今晩は飲み会だからね」

と、祭里がオレの顔をじっと見た。

「……な、なんだよ」

「ううん。ああ、お兄ちゃんだなあ、って思って」

くすっと笑われて、少し照れる。

しかし——きれいになった祭里との再会。じいちゃんの新婚旅行。いきなり押しつけられた恋之湯。女の子ばかりだっていう下宿人……。

ホント、この先どうなっちゃうんだろうな？　オレ。

第一章　幕開けは二日酔い

「あつ——いて、あいてててて……」

起きるなり、頭ががんがんした。辺りを見回す。見慣れた家具が、見慣れない部屋に置いてある——そうか、ここ、恋之湯だっけ。

「ふう……うわ、酒くせえ……」

吐き出した息が熟した柿みたいだ。ゆうべ、オレはどれだけ飲んだんだっけ？　記憶なんてかけらも——ああ、なんとなく思い出してきた。

しかし、うん。

とんでもない歓迎会だったなあ——。


だいたい、歓迎会とは名ばかりって感じだったんだ。純粋に歓迎してくれてたのって、祭里くらいじゃないか？

それに、女の子ばっかりとはいうものの、恋之湯の下宿人（実はプラスワンだったんだけど）は個性派……っていうと聞こえがよすぎるな。変なヤツばっかりなんだよ。

ただ、困ったことに……変なヤツなのに、みんなけっこう美人だったりかわいかったりするんだ。健康なオトコとしては、そのへん微妙《びみょう》な気持ちになる。

特に、夏流《なつる》さん——葵《あおい》夏流さんは、名前も美しいけど外見もすごく美人で。長いストレートの黒髪、品のいいお嬢様《じょうさま》ワンピース。声もか細くて——でも。

ほわほわっとした笑顔でオレの顔をじっと見つめながら、手には一升瓶《いっしょうびん》。

「英一君、どうぞ～」

「いや……あの、オレはそんなに……」

「そうですか～？　じゃあ、わたしいただきますね～」

とくとくとくとく。

なみなみとコップに冷や酒を手酌《てじゃく》で注いだかと思うと、くいっ！と飲み干した。

「ああ、やっぱり出雲《いずも》の幻の秘酒『おろち殺し』はおいしいですわ～」

にっこり。

（う、うわばみ……）

その横では、三梨涼子《みつなしりょうこ》が無言で酒を口に運んでいる。

涼子は、祭里がはじめにオレを紹介した時から、オレをどうも受け入れたくないようだった。

『重正殿《どの》は、きちんとした人格者だ。だが、いくらその孫とはいえ、年頃《としごろ》の女性ばかりのところに乗り込んでくるなど、まったく非常識だね。どこまで信用できるやら』

というのが涼子の理論だった。

――だがな？　はっきり言ってその理論は穴だらけだ。だいたい、オレを恋之湯に無理矢理住まわせたのもじいちゃんだし、人格者が自分の経営してる銭湯をほっぽりだして世

第一章　幕開けは二日酔い

界一周の船旅になんか出るか？

それにじいちゃんは、いまだに名うての女たらしと町内でも有名だ。ばあちゃんだって、さぞかし苦労したんじゃないだろうか。

だがどう言っても涼子の思い込みは解けるふうもなく、説明すればするほどオレに対する反感がつのるみたいだったから、いいかげんオレもあきらめた。

ショートカットのボーイッシュな美人で、つんつん怒ってばかりいるとその魅力《みりょく》が半減……してないんだろうなあ。かえって怒った方が美人に見えるタイプのきつい顔だから、頑固《がんこ》な性格なのもなんか納得しちゃったんだけど。

でもまあ、この二人は、いい。

まだ常識の範疇《はんちゅう》だ。

およそ常識とはほど遠いのがいるんだ、これが。しかも、二人も。

一人はエレナと名乗った。エレナ・リリィベルっていう、金髪のチャーミングな外国の女の子だ。でも、日本語はぺらぺら。それどころか――

「は？　ニンジャあ？」

「はい。あたし、ニンジャです。暗殺系古武術の道場で、十三年間、ずっと修行してきました」

はにかんだように微笑《ほほえ》まれて、思わず顔がひきつった。

ニンジャ……忍者、ねえ。二十一世紀のニッポンに、しかも金髪のニンジャの女の子。

「信じていただけませんか？」

オレは頷《うなず》いた。こんなこと、簡単に信じる方がどうかしてるよな、普通。

「じゃあ、すみませんが英一さん、的になっていただけませんか？」

「ま……的？」

「はい！　今から手裏剣を投げますので」

「ち、ちょっと待て！」

オレは思わず後ずさった。

「なんでオレを的に手裏剣なんか投げるんだよ！」

「え？　だって、的がなければ、ニンジャとしての腕は証明できませんから」

「だからなんでオレなの！」

「ちょっとエレナ、ずるいわよ？　英一をターゲットにするならわたしにもやらせなさいよね」

眼鏡《めがね》の奥の目をきらりと光らせたのは、由利《ゆり》——藤村《ふじむら》由利だ。

白衣に軍手という珍しい格好だったから、いったい何者なんだと祭里に聞いたら、なんでもメカマニアらしい。祭里いわく、『どんな機械でも作ってくれる』そうだ。

「だいたい、ドコの馬の骨かわからないオスが同じ屋根の下にいるなんてことからして間違ってるのよ。まあ、ここでわたしのスーパーホーミングバズーカでもおみまいしておけば、ちょっとはおとなしくなって悪さもしないわよねえ？」

「やーめーろーーーーっ！」

由利の目が据《す》わってる。頼むから、マッドサイエンティストに酒を飲ませるなよ！

由利も涼子と一緒で、オレがいるのがあまりうれしくはないようだ。だからって殺すのはやめてくれよ、犯罪だぞ。

「まあまあ、由利ちゃん、飲んで飲んで！」

割って入ったのはさくら、――花園《はなぞの》さくらだ。

「ああ……うん、ありがと」

「エレナちゃんも」

「はいっ！」

さくらに勧められて、由利とエレナがごくごくとコップの酒――って、どうも果実酒っぽいな。甘いにおいがする――を飲み干した。口当たりがいいから一気にいけちゃったみたいだけど……おい、エレナって何歳なんだよ？　いいのか、酒飲んで？

「ふにゃ～っ。くらくらします～」

「祭里ちゃーん、おつまみないのー？」

「はいはい、今持っていくから待っててー」

勝手に宴会を再開したエレナと由利は、どうやら祭里が面倒見てくれそうだ。ふう、助かった。

「ふっふっふ〜」

と、オレの隣りに来たさくらがにやにやと笑った。

「感謝しなさいよー？　あたしが助けてやったんだから。そうねえ、お礼は英一の童貞喪《どうてい》失話で許してあげるかな」

「おい、さくら。いきなり話題が下世話だぞ」

「そう？　安いもんでしょうよ、減るもんじゃなし」

「おばさんかおまえは」

さくらは、恋之湯の下宿人じゃない。年中ここに遊びに来ているから、半住人とみんなが認めているらしいけど。本当はこの町の商店街の、花屋の娘だ。それに、祭里と一緒でオレの幼なじみ、その二だ。

こいつも、祭里と同じ——いや祭里以上に大変身を遂げたクチだ。

子供の頃は絵に描いたようなじゃじゃ馬で、オレは何度こいつと取っ組み合いのケンカをしただろうか。

でも今は。

もし取っ組み合いでもした日には、——キモチイイだろうなあ。特に胸の辺りなんか。

……はっ、いかんいかん。これじゃさくらのことが下世話だなんて言えたもんじゃない。

「でも、ということは、チェリーボーイじゃないのね～？」

ちろりとオレを見て、イヤらしい顔でにゃ～～っとさくらは笑った。

「おーまーえーなぁ」

クチさえ開かなきゃ、けっこう美人で通るのにな。しゃべると、昔ながらのオセッカイ焼きで世話好きな、いわゆる下町おばさん気質が丸見えだ。

「いいじゃないの、シモネタは酒の最高のさかなよ」

……がっくり。

「ほら、あんたもどんどん飲むの、英一！」

どぼどぼどぼどぼ。

「お、おい、酒注ぎすぎだって」

「なぁにー？　あたしの酒が飲めないっつーの？」

——こいつも、超酔ってる……。

「忍法、空蝉《うつせみ》っ！」

「エレナちゃん、こんなところで服を脱いじゃだめ～っ！」

「まあ、お上手ですわ～～」

「……………」

「ちょっと待ってよエレナ、まだ忍法続けるなら即席採点マシーン作ってくるわよ！　みんなで点数をつけて、満点を取れたらわたしが特製ニンジャマスターギブスを作ってあげるわ！」

「ありがとうございます、がんばります！」

「いーぞいーぞ、やれやれー！」

（なんなんだよ一体……オレの歓迎会じゃないのか～～～！）


……はぁ。

思い出しただけでがっくり疲れた。

昨日一日、めまぐるしい展開にどろどろに酔っぱらって夢も見……あれ？

夢、見たな。オレ。

やけに――鮮明に覚えてる。

遠くで蝉が鳴いていた。夏だ。場所は、ここ。恋之湯の中庭だ。オレが小さい頃、よく遊んだ場所。

目の前に、小さな女の子がいた。

麦わら帽子《ぼうし》を目深にかぶって、短いワンピースを着て。

女の子は言う。

（…………くそく…………）

『ん？』

よく聞こえなくて、オレは聞き返した。

（……やくそく、だよ…………）

たどたどしい口調だけど、はっきりとその子は言ったのだ――『約束』だと。

「約束、……ねえ」

ヘンにリアルな感じだった。夢？　いや――オレの記憶？

遠い昔、誰《だれ》かとそんな会話を交わしたような気がする。でも、誰と？

（そういえば――）

ゆうべの宴会の時、誰かと話しててそんな話題も出なかったかな。恋之湯が約束の場所だから、とか……。

「うー」

こきこきと首を回してみた。が、思い出せない。

と、そこにノックの音が響いた。

「お兄ちゃん？」

がらりと戸が開く。祭里だ。

「あれ？　お兄ちゃん起きてたんだ？」

「ああ……なんか、起きちまった」

「えらいえらい。二日酔いで全然起きられないんじゃないかって心配してたんだよ」

「二日酔いは間違いないな」

「じゃあ、朝ご飯どうする？」

うっ……。炊《た》けたご飯のにおいを嗅《か》いだら、倒れちゃいそうだ。

「カンベンしてくれ、食欲なんか全然ないよ」

「うーん、でも食べないのもよくないなあ。じゃあ、おみそ汁だけにしてあげようか？」

みそ汁か。それだったら悪くない……っていうより飲みたいかもしれない。

「そうしてくれ」

「うん。じゃあ、着替えたら降りてきてね」

にこっと笑って、祭里が出ていった。

さて。

とりあえず、恋之湯での生活をスタートさせるか。


階段を降りて居間に入る。居間っていうより、茶の間だな。畳《たたみ》にすだれに蚊取《かと》り線香。

昔ながらの正しい日本の夏って感じだ。

「はい、おみそ汁。なめことワカメなら、食べられる？」

祭里が、湯気の立つお椀《わん》を台所から運んできた。

「ああ……たぶん、平気だと思う」

ナメコなら喉通《のどどお》りがいいだろう。

「いただきまーす」

「どうぞ」

ごくん、とひとくち。

「——うまいな」

「そう？　よかった」

だしがしっかりしていて、味噌《みそ》もこくがあるのに飲みやすい。

オレの前に座って、オレがみそ汁を飲むのをおもしろそうに見守っていた祭里に、声をかける。

「おまえ、もしかして……すごくまじめにだし取ったりしてないか？　このみそ汁」

「ん？　別に、普通だよ。かつお節とにぼしで」

——まあ、二十年くらい前なら普通だったろうけどな。今時、売ってる粉末とかじゃないだしを使ってる方が珍しいぞ。

「ところで下宿人たちは？」

「部屋にいるんじゃないかな」

「……みんな、朝飯どうしたんだよ」

「とっくに食べたよ。一時間くらい前に」

オレは目をしばたたいた。

「なんだよ、その時に起こしに来ればよかったのに」

「うーん……でもね」

祭里が軽い苦笑いを浮かべた。

「昨日来たばっかりで、それにあんな宴会じゃ、お兄ちゃん疲れちゃったんじゃないかなって思って——ちょっと余分に寝かせてあげようかなって」

「…………」

オレは頭をかいた。なんか、照れくさかった。

「なんかおまえ、人間できてきたな」

「何、それ」

くすくすと祭里は笑った。

「昔だったら、容赦《ようしゃ》なくたたき起こしに来てたと思う」

「久しぶりに会ったから、ちょっと様子をうかがってるだけだったりして。——でもこの後は容赦しないわよ？　私の仕事、手伝ってもらうから」

「へ？」

「どうせヒマもてあましてるんでしょ。ちょうどいいかなと思って」

「まあ……うん、そうだけど」

ごくんと、もうひとくちオレはみそ汁を飲んだ。

「――おい、祭里」

「なに？」

「ってことは、オレはこれから労働するんだよな？」

「……ということになるけど？」

ぐうっ、と腹の虫が鳴った。

「なんか食い物、あるか」

「……お兄ちゃん、食べられるの？」

「みそ汁飲んだら食欲が刺激されたらしい。白いメシはちょっと食べられないけど、なんか固形の食い物あったらほしいな」

「じゃあ、おひたしとだし巻き卵は？」

「うん、くれ」

「はいはい」

祭里が呆《あき》れたように笑って、すぐに立ち上がり、台所から小皿と小鉢《こばち》をお盆《ぼん》に乗せて運んできた。

「どうぞ」

ぱくり。

「……へえ」

思わず、感嘆の声が出た。卵のだし加減とか、小松菜のゆで具合とか、きれいに添えてある削り節とごまの細かい気配りとか——なんて、ちゃんとした和食なんだ!

「祭里、本当に料理うまいな」

「毎日作ってるからね。いやでもそれなりにできるようになるよ」

でも、料理はある程度才能が必要だ。センスっていうか。どんなに習っても、上達するのに限度がある人間もいれば、見よう見まねで相当のものを作るやつもいる。

祭里の料理の腕は、十二分に評価に値した。……恥ずかしいから、これ以上は誉《ほ》めるのやめておくけど。

オレが食べ終えると、祭里がまたキッチンに行き、今度はグラスを手に戻った。

「暑いから、緑茶はやめて麦茶にしておくね」

「ああ……うん、サンキュ」

——まいったな。こんなに気配りのきくやつだったたっけ? 祭里って。

「おまえ、妙にサービスいいな」

「へへ。いっぱい働いてもらおうと思ってね」

ちょっとさくらを思わせるにやにや笑いをして祭里が言う。

「おつかれさま料の先払い」

「……ちゃっかりしてるなぁ。――ごちそうさま。でも、マジでうまかったよ」

「ふふふ」

祭里がちょっと顔を赤らめた。

「うれしいな。お兄ちゃんにそう言ってもらえると」

言って、すっと祭里が立ち上がった。手早くお盆に空《あ》いた食器を乗せる。

「洗い物すんだら、お掃除手伝ってね？」

「ああ。わかったよ」

オレは素直に了承した。確かに掃除でもしてないと時間は有り余ってるし、胃にものを入れたせいか、二日酔いもそれなりにおさまってきてるみたいだし。

それに――今の料理のお返しに、オレはせめて祭里の手伝いをしてやりたい気持ちになっていた。

でも。

「おい……恋之湯ってこんなに広かったっけ？」

「全然昔と変わってないけど？」

「なんか、妙に広く感じるぞ」

子供の頃よく来た場所に、大人《おとな》になってから来ると、その場所が狭く感じたりするのはよくある話なんだけど、逆だよ……。

オレがため息をつくと、祭里が肩をすくめて小さく笑った。

「まあ、普段こんなに広い場所、お掃除なんてしないよね」

「ああ」

っていうか、自分の狭い部屋の掃除だってろくにしないからな。銭湯と、下宿人四人と祭里、オレ、それに普段はじいちゃんだって暮らしている家だ。広いに決まってるか。

「祭里、毎日こうやって雑巾《ぞうきん》がけとかしてるのか？」

「そうだよ」

平然と言われて、面食らった。

だって、こんな長い廊下《ろうか》に、階段に手すりに、あちこちの家具に……。

「……おまえ、ホントにえらいな。なんか後光がさして見えるぞ」

「やだなあ、お兄ちゃんてば」

と、がらっと戸が開いた音がして、オレは振り返った。夏流さんだ。

「あら～、祭里ちゃん。いつもすみません、手伝いますよ」

「あ、いえ。今日はお兄ちゃんいますし。大丈夫ですよ」

祭里は明るく首を横に振る。……おい、手伝ってもらおうよ。

「——掃除でもすれば少しはごまかせると思ってるのか」

また、戸が開く音と同時にいきなり声がした。今度は涼子がオレをにらんでいる。

「なんだよ、それ」

「恋之湯のために労働をしてみせることで、ここに受け入れてもらおうっていう魂胆《こんたん》なら、わたしには通じないぞ」

「別にそうじゃない、単に祭里の手伝いをしてるだけだ」

「どうだか」

そして涼子は再度オレを冷たい瞳《ひとみ》で見、吐き捨てるように言った。

「まだわたしはおまえを認めたわけじゃない。重正殿の孫で、追い出されると行くところがないというから、しかたないと諦《あきら》めているだけだ。妙な真似《まね》などしてみろ。誰が何と言おうと問答無用でつまみ出してやる」

それだけ言って、涼子は自分の部屋に戻り、ぴしゃん！と戸を閉めてしまった。

「何なんだよ、あいつ……」

「あんまり気にしないで、お兄ちゃん。急な話だったし、同じくらいの年の男の人が、いきなり同じ屋根の下に住むって言ったら、やっぱりその……」

「まあ——そうだろうけどさ」

祭里がしゅんとしてるのを見ると、さすがにかわいそうになった。

「そんなに祭里が落ち込むなよ。悪いのはじいちゃんなんだからさ。適当な理由でオレを呼びつけておいて、オーナー代理だなんて……こっちだって全然聞いてないし、だまされたようなもんだ」

「災難でしたわよねえ、ほんとに」

まだそこに立っていた夏流さんが、のほーんとした声で言った。その口調だと、ちっとも災難に聞こえないんだけどな。

「こんちはー」

がらがら、っと、引き戸の音がした。

「祭里、いる？　そろそろ町内会の会合に行かないとだよ？」

この声は——とんとんという足音とともに、ひょい、とさくらが顔を出した。

「あーっ！　そうだった、すっかり忘れてた」

「遅刻するわけにはいかないでしょ。いまや恋之湯一の実力者としてはさ」

「……会合？」

「あら、英一。なに、掃除？　マジメにやってんの、あんた。前で雑巾がけする祭里のスカートの中とか見てにやにやしてんじゃないの？」

「ちゃんとやってるよ！　人聞き悪いな。だいたい、祭里はキュロットで中覗《のぞ》いてもあんまりよく見え……」

はっ。

「お兄ちゃん！」

「やーっぱり。英一のことだから、そんなんじゃないかと思ったのよねえ」

「いや、やってないやってない、偶然たまたまホントに間違ってちょろっと、その……」

あわてて説明したものの——いかん、やぶへびだ。

「もう！　お兄ちゃん、罰《ばつ》として、恋之湯の掃除全部お願いね！　私、さくらと会合に行ってくるから！」

どん、とバケツと雑巾、それにモップを押しつけて、祭里はすたすたと玄関の方に歩いて行ってしまった。

「もう、バカねえ、英一。昔っからそういうところ、ちっとも変わってないじゃない。もう少しごまかすの、うまくなんなさいよ。チェリーボーイじゃないんでしょ？」

「うるせえ！　おまえもさっさと行け、さくら！」

「ふっふっふ〜。じゃあねー」

ひらひらと手のひらを振って、さくらも出ていってしまった。

——はあ。

オレは手に持った道具一式を見つめた。

銭湯の掃除かあ……こっちの母屋《おもや》より絶対、広いよなあ……。

「あの～、英一君？」

「へ？」

あ——夏流さん。まだ、いたんだ。

「よかったら、わたしおそうじ手伝いましょうか～？」

「ほ、ホントですか！」

今度は夏流さんに後光がさして見えるよ……。

「はい～。どうせひまですし。いいですよ～」

「あ、ありがとうございます！」

なんだかオレは、暗い先行きに一条の光を見た気がした。天使だ、夏流さん！


というわけで、オレと夏流さんは、恋之湯の本体、銭湯の方にやってきた。

「早くおそうじしてしまわないと、お風呂《ふろ》が始まってしまいますねえ」

「あ、そうですね。じゃあちゃっちゃとやっちゃいましょう」

「……あら？　今日は確か……」

「え？　何ですか？」

オレはすたすたとのれんをくぐって、脱衣所に入った。

「…………きゃあああああああーーーーーっ！」

「うげっ?!」

いきなり大絶叫が響き渡って、オレは硬直した。なんだなんだ——って。

目の前に。

その。

肌もあらわな。

女性たちが……えーと。

下着脱ぎかけのおねえさん。着てる最中の女の子。

上気した肌。濡《ぬ》れた髪。ふるっと震えるオッパ……えええええーーーっ？

「いやーーーーっ！」

「男、オトコ～～っ！」

「出てってってば、スケベーーーーーっ！」

「痴漢《ちかん》、痴漢でーす、誰か～っ！」

一人の叫びを皮切りに、次々と起こる絶叫、飛び交う風呂おけ、石けん箱。

「ち、ち、違う、誤解です誤解ーっ！　オレはこの恋之湯のオーナー代理で……」

「早く出てけーーーっ！」

「あうっ……！」

かこーん！と音をたてて、おけがオレの頭にあたった。

いかん、ここはひとまず退散だ！


はあ、はあ、はあ……。

命からがら逃げ出して、オレは母屋まで戻って、大きく息をついた。

「待ってください、英一君〜」

夏流さんがようやく追いついてきた。

「だいじょうぶでしたか？」

「は、はあ……なんとか………」

ぜいぜいとまだ荒い息を整えながら、夏流さんに頷いて見せた。

「そうそう。今日は女性サービスデーで、午前中女風呂を安いお値段で開放しているんですよ〜」

にっこり。

夏流さんが、オレの前で微笑んだ。

「ど、どうしてそれを早く……」

「あら～。言おうと思ったんですけど、英一君がずんずん女湯の方に行ってしまうから、ついつい言いそびれて～」

……いや、ついついじゃなくてね。

「ごめんなさいね～。言っておけば、こんなことにはならなかったですよね～」

はい。その通りです。

がっくり。


それでも気を取り直して、オレと夏流さんは改めて恋之湯の方の掃除をした。もちろん、女湯は全面的に夏流さんの担当だ。

なんとか終えて母屋に戻る。

「ふう……疲れた」

部屋に戻った夏流さんと別れて、オレはとりあえず居間に転がり込んだ。

「麦茶麦茶……お、あった」

台所に行き、ポットに作り置いてあった麦茶を冷蔵庫から取り出して、コップに注いでぐいっと一気に飲み干す。

「ふう、うまい！　労働のあとのお茶はうまいねえ」

オレはポットをしみじみと見た。この麦茶も、祭里が毎日何回も作って冷やしてるんだろうなあ。ここ、風呂もトイレも共同だし、みんなメシもここで食ってるみたいだし。それを全部祭里がまとめて面倒見てるんだったら、たいしたもんだ、ホントにと。玄関の方で、何か音がした気がした。

「ただいま……」

「よお、祭里。おかえり」

どうやら会合が終わったんだろう。祭里は居間に入ってきて――でもぼうっとその場に立ちすくんだままだ。

「どうした？　祭里」

「ううん……」

何だか、元気がない。肩を落として、畳をじっと見てる。

「そうそう。おまえが会合に行ったあと、オレ、銭湯の掃除したんだけどさ。おまえ、女性サービスデーだって言い忘れていったろう？　大変な目に遭《あ》ったんだぞ」

「そう……ごめん」

祭里はぽつりとそれだけ答えた。どうも、心ここにあらず、という感じに見える。

「会合でなんかあったか？　町内会のじいさんやばあさんにいじめられたか」

「そんなんじゃないよ……」

と、祭里はようやく顔を上げた。

「お兄ちゃん……」

「なんだ？」

祭里は、口を開きかけたものの、そのまま何も言わずに、またうつむいた。

「……なんでもない。私、部屋に戻るね……」

「ああ——」

幽霊《ゆうれい》みたいな足取りで、祭里が部屋を出ていくのを、オレはただ見送った。

やっぱり、ヘンだ。

いったい——どうしたっていうんだろう？

第二章　無理矢理なテンション

オレはとりあえず、自分の部屋に戻った。いい加減、慣れない掃除で疲れてたから、少し昼寝でもしようかと、ごろりと畳《たたみ》に横になる。

でも、眠れるわけではなかった。目を閉じると、まぶたの裏に、さっきの祭里の沈んだ顔が浮かぶ。

(祭里……どうしたんだろうな)

出かける前は元気だったんだから、どう考えても外で何かあったとしか思えないんだが。

「……くそっ」

オレは起きあがった。こんな気分じゃ眠るに眠れない。

階下に降りて、そのまま祭里の部屋に行った。小さくノックをする。

「祭里？　いるのか。オレだ——入るぞ」

「あ……」

戸を開けると、祭里は、丸いテーブル——というか、ちゃぶ台だな——の前で、クッションに座って膝《ひざ》を抱えていた。そうしていると、ひどく子供っぽく見える。

「お兄ちゃん……」

「ちょっといいか」

「うん……」

オレもクッションのひとつを引き寄せて、祭里の前に座った。

「どうした。おまえ、帰ってきてからちょっとヘンだぞ。暗い顔して――なんかあったのか」

「………………」

膝を抱えた腕に、ぎゅっと力を込めて、祭里はさらに自分を抱きしめるように縮こまった。この夏のさなかに、寒そうな顔をして。

「なんでも、ない……の」

「なんでもない顔じゃないぞ。どうした――言えないのか」

「……その――」

祭里は小さく言って、だが、その後が継《つ》げないのか、唇を噛《か》んだ。桜色の唇が、きゅっと噛みしめられて震えた。

「………ごめん」

膝に顔を埋める。

「今は、ごめん……何にも聞かないで」

うつむいた細い肩に、オレは胸のどこかがきしむような音を立てるのを、感じた。

「………そうか」

何も言えずに、オレは立ち上がった。

「――じゃあ、言えるようになったら話してくれ。いいな」

髪を結わえた大きなリボンが、こくりと揺れる。オレはそのまま、祭里の部屋を辞《じ》した。

廊下《ろうか》を歩くオレの足取りも、どこか重かった。部屋へ戻ろうと階段を上りかけ――ふと、気づいた。

(そうか――さくら)

さっき祭里が会合に行く時、さくらが迎えに来ていた。どうやら一緒に、町内会の会合に出たらしいし。

あいつに聞けば、何かわかるかもしれない。


住宅街を抜けてちょっとすると、だんだん道が活気づいてくる。続く商店街を少し歩くと、さくらの花屋が見えてきた。

「あれ？　英一」

「おう」

店の前で、さくらは一応花屋の娘らしく、切り花を集めて小さな花束を作っていた。でもオレの姿を認めると、にやりと笑ってその手を止める。

「なによ、あたしの顔見に来たの？」

「んなわけあるか」

「あーら、ずいぶんじゃない？　そういうこと言ってると、あんたのあのヒミツ、ばらすわよ」

「な、……なんだよ、ヒミツって」

「あははは、動揺してる」

ひどくおかしそうにさくらが笑った。

「そうやってカマかけに簡単にひっかかるクセ、なんとかした方がいいわよぉ？　これからもオトコとして楽しく生きたいならね」

こいつ——ったく、油断も隙《すき》もないというか。

「大きなお世話だ。それより、ちょっと聞きたいんだ」

「なによ？」

「祭里のことだ。あいつ、帰ってきてからひどく元気がないんだ。その——町内会の会合とやらで、なんかあったんじゃないのか？」

「そう——……」

にやついていたさくらの顔が、一度に曇った。

「たぶん、理由はあれね。再開発だわ」

「再開発？」

「この町の商店街の周りを再開発しようって計画、聞いてない？」

「んにゃ？　全然。そんな間もなくじいちゃんは新婚旅行に行っちまったからな」

オレは首を傾《かし》げた。

「商店街の再開発が、祭里の落ち込みとどんな関係があるんだよ？」

「だから、恋之湯もそこに入ってるのよ」

「え！」

オレは大声をあげた。さくらがあわてて耳をふさぐ。

「なに耳元ですっとんきょうな声あげんのよ！」

「あ、ああ……悪い。だって、恋之湯って商店街からけっこう離れてるじゃないか」

今だって、住宅街を抜けてからここに来たわけだし。

「でも、ともかく用地買収の候補に挙がってるみたいなのよ」

さくらは、眉《まゆ》をひそめて少し遠くを見た。

「もう買収は始まってるわ。っていうか、急に動き出した感じ。自分のところは売る、いや絶対売らない、っていうんで、会合も毎回喧々囂々《けんけんごうごう》よ」

ふうっ、と大きく息をついて、さくらはさみしげな顔になった。

「祭里……すごく恋之湯のこと大事にしてるじゃない。それに今は本物のオーナー、旅行中だし。途方に暮れちゃってるんじゃないかな」

「そっか……」

さくらは、手元の花束の小さなかすみ草を、愛《め》でるようにそっと撫《な》でた。

「――ほんとは、あたしが言っちゃいけないのかもしれないけど」

その手をとめて、さくらは目を伏せた。

「恋之湯、最近あんまり経営状態よくないみたいよ。だから――重正のおじいちゃんが売っちゃっても、不思議《ふしぎ》じゃないのかもしれない」

「……そうなのか？」

「うん」

水の入ったバケツに花束を移して、さくらはもう一度ため息をついた。

「しかも、再開発を担当してる会社、けっこうろくでもない噂《うわさ》を聞くのよ。相当、やり方があくどいらしくて」

「あくどいって……地上げ屋みたいな？」

「ま、そゆこと」

さくらが呆《あき》れた顔で両手を上に向けたアメリカンジェスチャーをしてみせた。

「今どき、まだいるらしいのよ。そういうヤツら」

「はあ……」

「だからさあ、英一、あんたオトコでしょ！」

ばん！といきなり背中を叩《たた》かれた。

「いてえっ!」

「祭里のこと、ちゃんとなぐさめてやんなさいよね。……手取り足取り」

にしゃしゃしゃしゃ、とチェシャ猫みたいに笑う。

「——おまえ、最後までシリアスな話もできないのか」

「あたしのシュギじゃないのよね。ともかく、祭里はかわいい妹分でしょうが。それに今はあんたががんばんないと、どうなるかわかんないわよ?　オーナー代理」

最後の『オーナー代理』のところを強調して、さくらはにやっと笑った。

「まあ……そう、だな」

オレは頷《うなず》いた。茶化してはいるものの、さくらが言っていることは真理だ。

うん。オレが、しっかりしないといけないだろう。降って湧《わ》いたオーナー代理だったし、大迷惑な話だったけど、乗りかかった船っていうか——とりあえず、オレができることをやんなくちゃな。

そう思った時だった。

「さくらー?　祭里ちゃんから電話よー」

店の奥から声がした。さくらの母さんだ。

「祭里から?」

オレとさくらは顔を見合わせた。

「はーい、今行く」

幾分けげんそうな様子で、さくらは店の中へ入っていった。

（祭里からの電話――か）

オレが話した時は、とても何もしゃべれる状況じゃなかった祭里だったけど、ことの詳細を知っているさくらに相談でもしようという気になったんだろうか。

だったら、少しは復活してきてるってことだろうけど――。

オレは辺りをぐるっと見回した。さくらの花屋のほかにも、金物屋、乾物屋、酒屋――変わってないな、と思っていたこの町だけど、水面下ではいろいろと動きがあるわけだ。

何も知らなかった小学生の頃《ころ》は、ただ毎日、夏の照りつける陽射《ひざ》しの中で遊びまくっていた。それでよかった。

でも今は違う。まだ大学生だけど、見えなかったもの、知らされなかったものも、直面してくる年になったってことか。

うん――オレは小さく拳《こぶし》を握りしめた。少なくとも、祭里を元気づけるくらいのことは、してやりたい。

と。

店の中から、さくらが出てきた。

「――祭里、なんだって？」

「うん……それがさ」

さくらは、奇妙な顔をしていた。

「プールに行こうって」

「はあ？　プール？」

「うん。それも、すっごいテンション高いの。はしゃいじゃって」

さくらは、横目でじろりとオレを見た。

「英一、あんた祭里が元気ないなんて、あたしをかついだんじゃないの？」

「冗談じゃない、なんでそんなウソをおまえにつかなきゃなんないんだよ！」

しばらくさくらはオレの顔を見て、そのまま天を仰いだ。

「……そうよね。そんなことウソついたってしょうがないし——それに」

さくらは、どうしていいかわからない、という顔で、自分の髪のリボンを整えた。

「あのテンション、異常よ。由利ちゃんだったら普通だけど、祭里じゃ無理ありすぎ」

「——なるほど」

落ち込みすぎた結果、無理矢理自分をハイに持ち上げてるってことか。

「ともかく、プールはＯＫしたのよ。あんたがここに来てるって言ったら、早く帰ってきて用意しろって。一緒にプール行くんだってさ」

「あ……？」

「――とりあえず、あたしも準備すませたらすぐ追いかけるから。あんた恋之湯に戻ってなさいよ、英一」

「ああ、うん」

オレは頷いた。よくわからないが、ここは祭里の出方を見てみるか――。


「えいっ！」

どっぼーーーーーーーーーーん。

「…………ぷはっ」

ようやく浮き上がってみると、恋之湯住人プラスワンが、ずぶぬれのオレをじーっと見つめていて。

「ぎゃはははははっ、こんなベーシックな手に引っかかるのね、英一って！」

その中で、一番先に笑い出したのは、由利だ。

「まぬけだな」

ひとこと言い切って、涼子がけらけらと高笑いした。

——悪かったな。後ろから声かけられて、振り向いたら背中を押されてプールに落ちる……って、コントでも今時やんないか。

「え、英一さん、だいじょうぶですか……？」

オレに声をかける係をやらされたエレナは、罪悪感もあるのか、心配そうな顔をしてる。実際突き落としたのは、由利だけどな。

にしても、びっくりした。ケガしたらどうするんだ、まったく。ここは一発、オーナー代理として叱《しか》っておかないとだな。うん。

「おい、おまえらっ！」

「きゃーーっ、おマヌケ野郎が怒ったわよ〜っ！」

「由利！　いい加減にしろ！」

「でも英一。あっぷあっぷしながらそんなこと言っても説得力ないかもねー」

さくらがおもしろそうにオレを覗《のぞ》き込みながら言った。

「う、うるさいな。ここ深いんだよ！」

オレの背ぎりぎりくらいの深さだもんな。浅いところは腰くらいまでしかないのに。

「あったりまえよー。深いところ選んで落としたんだもん」

「由利！」

「さーて、こんなバカ相手にしないで、みんなで泳ごう！」

なんとかプールサイドに這《は》い上がったオレをしり目に、由利と涼子、エレナにさくらが、次々とプールに入ってはしゃぎ始めた。

「大丈夫、お兄ちゃん？」

残っていた祭里が、タオルを渡してくれる。

「ああ……なんとかな。まったくとんでもない連中だぜ」

「みんな、楽しんでるんだと思うな」

「そうか？」

それはものすごく性善説的見方だとオレは思うが。

「でも、お客さんからもらったプールのチケット取って置いてよかった！　お兄ちゃんと一緒の方が、みんなも楽しそうだもん。なんだかんだ言って、お兄ちゃんが恋之湯に来てけっこう流れが変わったと思うなあ」

「流れ？」

「うん。ちょっと、動きが出たっていうか。おんなじメンバーだけよりね。由利ちゃんと涼子ちゃんはぶつぶつ言ってるけど、あれでおもしろがってるはずだよ」

祭里は、プールの中で騒ぎまくるみんなを見て、目を細めた。

「私も、お兄ちゃんが来てくれてわくわくしてるんだよ？　楽しい毎日になるだろうな、って」

「祭里——でも、おまえ……」

オレは言いかけた言葉を止めた。オレがさくらのところに行く前の、あのつらそうな顔は、忘れたくたって忘れられない。だから、こんなにいきなり明るくプールではしゃいでる方が、妙な感じだ。

「え……」

「だって、さっき——」

「あ！　お兄ちゃん、見て！」

祭里がすい、と指で天を指した。

「なんだ？」

どんっ！

「うわわわっーーーっ！」

水面が、光溢《あふ》れる明るい水面がまたオレの目の前にーーーっ！


はあ、はあ……。

またオレは、なんとか自力でプールサイドにたどりつき、這い上がった。

「……祭里ーーーっ！　おまえまでナニ考えてるんだ！　由利じゃあるまいし！」

「あはははは、お兄ちゃん、二回もひっかかってる～」

……いいけどさ。

祭里さあ、もう少し、ごまかし方、うまくなれよなあ。

「私、みんなと泳いでくるね」

祭里は、由利やエレナが水をかけ合って遊んでいる方へと、ぐい、と顔をそらした。表情を、オレに見せまいとするかのように。

「ああ、そうしろ。オレは疲れた」

――今引き止めても、祭里が困る。

幾分ぶっきらぼうに言うと、祭里はあっという間にみんなの方に泳いでいってしまった。

「ふう……」

祭里のことも気にかかるし、さらに二回もプールに突き落とされて、いい加減オレは精神的にも肉体的にもぐったりしてきていた。

――しかし、タオル持ったままで水に落ちたから、拭《ふ》くものがないな。

「あの～、よかったら、これどうぞ」

声をかけられて振り向く。と、夏流さんが新しいタオルを持って、にっこりと微笑《ほほえ》んでいた。

「あ、……すいません、どうも」

お言葉に甘えて使わせてもらう。ああ、心なしか、花のようないい香りが……。

「災難でしたねえ、二度も落とされて」

「はあ……」

慰《なぐさ》めてるように見えて、意外と容赦《ようしゃ》ないな、この人。

「あれ？　夏流さん、泳がないんですか？」

まったく水着も濡《ぬ》れていない――ってこれが、夏流さんによく似合う、優雅なワンピース水着なんだが――のが気になって、オレは訊《き》いてみた。

「ええ――その、わたし………」

もじもじと困ったようにうつむいて、夏流さんが何か言ったみたいだった。

「は？　声が小さすぎて聞こえないんですけど」

「……あの、ですね」

そっと夏流さんが近づいてきた。そして耳元に、唇を近づける。

（その……）

こそりと、細い声がして、あたたかな息が耳にかかる。なんか、夏流さんって吐息まで甘い感じだ。うん、二回も水に無理矢理落とされたんだ。このくらいいい想《おも》いをしたってバチが当たるわけじゃないだろう！

（わたし………その、…………カナヅチ、なんです…………）

「……泳げない？」

「はい。あんまり大きい声で言わないでくださいね、恥ずかしいので……」

夏流さんは真っ赤になってうつむいた。

「だから、プールサイドで甲羅干《こうらぼ》しでもしていようかと……」

「もったいないですよ、そんな！　せっかくプールに来てるんですし！」

オレは断固として言い切った。

「じゃあ、オレが泳ぎを教えますから。タオル貸してくれたお礼です。さあ、行きましょう！」

「え…………」

とまどう夏流さんには構わず、オレは強引に腕をひっぱって、なるべく人のいない浅いところへ移動した。

まず、オレがゆっくり中に入ってみせる。

「いいですか？　ここなら大丈夫。オレの腰辺りまでしか水がないんですから、夏流さんも足がつきますし、溺《おぼ》れるなんてことはないです。最初はオレがちゃんと掴《つか》まえててあげますし。さあ！　やりましょう」

「はあ……」

夏流さんはでも、なかなか入ってこようとしない。

なる。


「ほら、手を貸してください」

「――はい」

オレが手を出すと、小さな子供みたいに、夏流さんが手を伸ばしてきた。腹を決めたっていうより、わけがわからないままに動いてる感じだ。でも、その方がいい。緊張しなくなる。

「まず、プールサイドに座って。ゆっくり、足から水につかってください」

「はい……」

ちゃぽ、と音を立てて、白い足先が水に沈む。ややあって、オレが静かに手を引くと、夏流さんの身体《からだ》が水に入った。

夏流さんが、一歩一歩、水の中を歩く。

「大丈夫ですね？　こわくないですか？」

「はい」

にっこり笑ってみせる顔に、特に強い恐怖の色も見えないし、足取りもわりとしっかりしている。なら、もう少し段階を進めても大丈夫だろう。

「じゃあ、オレがしっかり手を握ってますから！　身体を伸ばしてください」

「え……」

「平気です！　人間、浮くようにできてますから。力を抜けばちゃんと浮きます」

「そうですか……？」

「オレを信じて。ウソはつきません」

子供に言い聞かせる時みたいに、しっかり目を見据《みす》えて言うと、夏流さんはこくんと頷いた。

夏流さんが、プールの床を軽く蹴《け》った。ふわり、と身体が浮く。

「こう……でしょうか」

「そうです！　いい感じですよ」

「――はい」

夏流さんは、真剣にオレの顔を見上げていた。なんか――こういうの、自分が男らしくなった気がする。

夏流さんはオレより実年齢も上で、外見もおとなっぽい美人なんだけど、そうやって上目遣いに、オレしか信じるものがないって顔で見られると、オトコたるもの胸の一つも叩きたくなるな。

「夏流さん、ばた足をしましょう。足先だけでなく、太ももから動かす感じで」

「え、っと……」

しずしずと、夏流さんが足を動かし始める。なんとも優雅なばた足で、こりゃ実際泳いだらなかなか進まなさそうだけど、まあいい。とりあえず最初だし。

「その調子です。続けましょう」

「はい……！」

好き勝手に遊んでいるほかの住人たちは放っておいて、オレは夏流さんとしばし真面目《まじめ》な時間を過ごした。

（ホントにマジメだったんだぞ！　水に浮かぶまあるい夏流さんのお尻《しり》に見とれたなんて、決して……もごもごもごもご）

祭里の手料理をたらふく食べて、オレは自分の部屋に戻った。座布団《ざぶとん》を枕《まくら》にして、ごろんと横になる。

「ふう……」

ホントに腹いっぱいだ。あっという間に寝てしまいそうな気がする。水に入ると、それだけですごく脱力するもんな。

だけど、祭里だってプールではしゃぎまくって疲れただろうに、夕食はちっとも手を抜いてなかった。

香ばしい焼き魚、味のよくしみた茄子《なす》の冷たい煮浸しと、きゅうりの酢《す》の物に薬味がたくさん用意された冷や奴《やっこ》。炊《た》きたての白いご飯に、みそ汁は夏らしくみょうがが散らしてあった。

（っていうか……あれ、無理してるんだろうなあ、また）

はりきって作ったから食べてね、と明るく笑ってた。疲れにはお酢がいいんだよ、とか、たわいのない、母親っぽいことを言ってたっけ。ああやって——家事とかやってた方が気は紛れるんだろうけれど。

やっぱり、恋之湯が地上げされちゃうかもしれないことで、沈んでるんだろうな、あれは。

だけど、祭里から言い出さないことには、こっちから話題にするのもどうもなあ……。悩みを無理に聞き出すのは、あんまりいいことじゃないように思うし。さくらにこっそり聞いたっていうのも、さくらの立場もあるしな……。

（うぅ……まあ、それは明日にしよう……）

だんだん、まぶたが重くなってきた。やっぱり疲れてるな——。

そんな時だった。

『あの〜』

ノックの音がして、戸の向こうから声がした。

『英一さん、ちょっとよろしいでしょうか〜』

「はい⁈」

　オレはびっくりして飛び起きた。この声は——夏流さんだな。

「どうぞ」

『あの～……手がふさがってるんですが、開けていただけますか～？』

「……はあ」

　よくわからないが、オレは言われるままに戸を開けた。

「失礼します……よいしょ、っと」

　入ってきたのは、一升瓶《いっしょうびん》——とグラスを二つ持った夏流さんだった。

「よろしかったら、いっしょに飲みませんか？　飛騨《ひだ》の銘酒《めいしゅ》、いかづち娘です～」

「はあ……」

　小首を傾げて、にこっと夏流さんに微笑まれると、どうも断れない。

「今日、泳ぎを教えてくださったでしょう？　ですから、お礼です。あの、一応おつまみも持ってきたんですけど～、乾きものでよろしかったら」

「あ……い、いや、つまみはいいです！　さっき夕飯食ったばっかだし。じゃあ——お言葉に甘えて、一杯——」

「そうですか？　じゃあ」

　渡されたグラスに、とくとくと酒が注がれる。手つきが慣れてるなあ、ほんと。

「今日はありがとうございました」

グラスをふれ合わせて小さく乾杯をしてから、夏流さんがオレに頭を下げた。

「へ、そんなていねいにお礼を言われるようなこと、してませんよ」

「わたし、本当は、ちょっと水がこわかったんですけど」

なみなみと酒の入ったグラスを慈しむように持って、夏流さんが小さく言った。

「——英一君に励まされて、ああやって教えてもらっているうちに、だいじょうぶになりました」

にこ、と笑んで、こくんと酒を干す。見事な飲みっぷりだ。

「でも祭里ちゃんには、悪いことしちゃったのかもしれません」

「え——？」

「わたしが英一君を占領している間、ずっと気にしてこっちを見てましたよ」

祭里が、オレを——？

「そう……ですか？　オレは全然気づかなかったけど……」

由利やさくらと一緒に、遊びまくってると思ったのに。

「うふふ」

夏流さんは、ちょっと謎《なぞ》めいた感じの笑みを浮かべた。

「プールに行こうって誘われた時、……少し祭里ちゃん、いつもと違う感じだったので〜。なんか、ちょっと、いっしょうけんめい笑ってるー、っていうか。だから、少し気にしてたんですよ～、祭里ちゃんのこと」

　のほーんとした口調で、夏流さんは語り続ける。

「いつも明るい祭里ちゃんですけど、すごくはしゃぐ人じゃないのにおかしいな～って」

　口調ののんびりさとは裏腹に、その内容は正鵠《せいこく》を射ていた。

「きっとなにかあったんでしょうけど、祭里ちゃんって、そういう苦労は自分ひとりで背負い込んじゃうから～。いつも、恋之湯での大変な作業を、ぜーんぶひとりでやってるわけですしー。いくら管理人の仕事といっても、ねえ。わたしたちが手伝ったりしますけど、たいていほとんど役立たずなんですよ～」

「はあ……」

　夏流さんって、どういう人なんだろう。抜けてるようで、実はすごい炯眼《けいがん》ってことか？　会ったばかりだからよくわからないけど――人は見かけによらないって言うしな。

「あの……失礼ですけど、夏流さんって、普段は何をしてらっしゃるんですか？」

「え？　うふふふ、それはヒミツです～」

　あれ。かわされた？

「ぼーんやり毎日過ぎている感じですよ～」

「そうなんですか？」

　うーん、オレと同じ大学生で夏休み、とか……それともフリーターなのか、見かけ通りのお嬢様《じょうさま》で、家がすごい金持ちとか……恋之湯の家賃ってそう高くはない方だろうけど、でもお金がかからないはずもないしな。

夏流さんみたいな外見だと、恋之湯みたいな下宿より、白い壁のマンションとかにいる方が似合いなんだけど。

「ところで、どうして恋之湯に下宿することになったんですか？」

ふと気になって聞いてみた。

「ああ……ここは、わたしの約束の場所なんです。小さな頃からの」

「え！」

オレは息を呑《の》んだ。

（……やくそく、だよ…………）

きん、と脳裏によみがえる、少女の面影。まさか、夏流さんがあの小さな女の子……？

「大事な人との、約束の場所ですから。そこにいたいだけなんです」

「夏流さん……」

遠くをじっと見ていた瞳《ひとみ》が、揺れた。そしてそのまま、夏流さんはうつむいた。

長い黒髪が、さらりとひとすじ、肩からすべり落ちた。

「夏流さん、どうしたんですか――」

想いに沈んでしまったんだろうか。オレは、下を向いたまま黙り込んでしまった夏流さ

んに近づき、そっと肩を揺すった。

「え……」

ぱちりと、その瞳が見開かれる。オレの、目の前で。

「あ──」

白い肌に、やわらかな濃い色の瞳。本当にきれいなひとだと、思った。

「まあ。すみません」

「は？」

いきなり謝られた。

「やっぱり昼間のプールで疲れてたんですね〜。わたし、今、ちょっと眠っちゃってました〜」

へえ？

……寝てた？

…………そうか、寝てただけか……ちぇーっ。


それからほどなくして、夏流さんは自分の部屋に引き上げていった。お互い、水に入って疲れ切ってるのを自覚したってところだ。

（いいトコだったんだけどなあ……）

オレは布団に寝っ転がりながら、さっきの夏流さんの顔を思い出していた。

（約束の場所って言ってたっけ。どういうことだろう。細かいことは聞けなかったけど……）

言われてみれば、夢の中の少女は、どこか夏流さんを思わせるものもあった。二つに結わえた長い髪、白いワンピース。奇妙に胸をしめつけるような、その甘ずっぱい空気。

（……なんか、いろんなことが立て続けで、よくわからないや）

押しつけられたオーナー代理、てんやわんやの歓迎会、沈み込んだ祭里、プールでの大騒ぎ、そして夏流さんの来訪。

（あ――……）

祭里。そうだ――。

（明日こそ、聞き出してみよう……）

眠りに落ちていくオレの脳裏に、膝を抱いて座り込む、さみしげな祭里の姿が映った。

あんな、ひとりぼっちの祭里は――もう、二度と見たくないからな。


さわり、と木々の葉が風に揺れる。なびく、麦わら帽子《ぼうし》のリボン。

気づくと、すぐ目の前に、少女がいた。むき出しの肩。少しだけ、にじんだ汗。

(……やくそくだよ?)

約束?

おうむ返しにすると、少女がこくりと頷いた。

(……おおきくなったら……ここで……)

小さな手が差し出された。立てられた、かわいらしい小指。誘われるように、自分も小指を出した。

絡められる指の、あたたかな体温。

(ゆーびきり、げんまん……うそついたら、はりせんぼん、のーます……)

少女は小さく歌った。

(……ゆーびきった)

指を振り切り、少女は微笑《わら》った。

そうか。指切りまでしてしまったなら、その約束は、やぶれない。

きっと――なにが、あっても。

そう、思った。

第三章　あやしいオトコ

朝食の時間を見計らって居間に降りていくと、そこでは涼子がひとり、食卓についていた。

「おはよ」

「……おはよう」

低く言い、オレをじろり、と一瞥《いちべつ》する。最低限の礼儀として挨拶《あいさつ》だけ、という反応だ。相変わらず、オレはまだ涼子の信用を得ていないらしい。

「あ、おはよう、お兄ちゃん」

祭里が台所からお茶を運んできた。もう食べ終わろうかという、涼子の前に置く。

「すまない。いつもありがとう」

「いいえ」

……涼子も、祭里にはやさしい顔をするんだな。

「みんなは？」

「由利ちゃんと夏流さんはもう食べ終わって、部屋に戻ったんじゃないかな。エレナちゃんは——あそこ」

「ん？」

祭里の指さす方向を見る。縁側の外……？

「いっちにっ、さんしっ」

確かに、エレナがそこにいた。ナニやっててんだ？　腕振り回して。

「なんだよ、あれ」

「ん？　見ての通りラジオ体操だよ？」

祭里に聞くと、不思議《ふしぎ》そうな顔で言われた。見ればエレナのポーズは小学校の頃《ころ》よくやらされた体操の動きだったし、よく耳を澄ますとすぐ横にラジカセがあって、小さく音が鳴ってるみたいだった。

「……なんでラジオ体操なんかやってるんだよ」

「おじいちゃんにね、ニンジャの修行の第一歩はラジオ体操だ、って言われたからだと思うけど」

「はあ？　そんな修行、聞いたこともないぞ」

祭里が苦笑した。

「でも、エレナちゃんはおじいちゃんの言うことは何でも信じてたから」

ちょっと待て。いやな予感がする。

「——まさか、エレナがここに住んでるのも、じいちゃんが自分はニンジャの子孫とか言ったから、じゃないだろうな？」

「……えへへ」

祭里が、てへ、という顔で笑った。——なるほど、図星か。

「あんなウソつきじじいの言うこと、よく信じたな！　どう考えてもまるっきりうそっぱちじゃないか」

「重正殿《どの》のことを悪く言うんじゃない」

それまで静かにお茶をすすっていた涼子が、とん、と湯呑《ゆの》みを食卓に置いて、オレをにらんだ。

「あの方はそんなほら吹きではないぞ」

「おい、涼子。おまえなんでそう決めつけられるんだ」

「たとえ嘘《うそ》を言ったとしても――少なくとも、責任を取るだけの力はある方だとわたしは思っているが。――祭里ちゃん、ごちそうさま」

「あ……うん、お粗末さま……」

それだけ言うと、涼子はすたすたと自分の食べた食器を下げ、出ていってしまった。

「――涼子も、エレナのこと言えたもんじゃないな。あいつも、よくじいちゃんのことを、あそこまで立派な人物だと思い込めたもんだ」

「お兄ちゃんが言うほど、おじいちゃんは口ばっかりでもないと思うけど」

くすくすと祭里が笑った。なんだかんだ言って、みんなじいちゃんびいきだな。孫としてはやりにくいったらない。

「お兄ちゃん、ご飯とパンとどっちがいい？　両方できるよ」

「そっか。今日はパンにしようかな」

卵も好きなように焼いてくれるというからオムレツを頼んで、オレは座布団《ざぶとん》に座った。

台所からパンの焼ける香ばしいにおいと、バターと卵のあたたかいにおいが漂ってくる。

オレは、ふとなごんでしまいそうな気持ちを引き締めた。

今朝は、なんとしても祭里に、自分の口から理由を聞き出すのだ。今は何もなかったような顔をしているが、昨日夏流さんから聞いた通り、祭里はそういうつらいことを隠し通してしまうタイプなんだから。

「はい、おまちどおさま」

運ばれてきたトーストは厚切りで、じゅわっとバターがしみてる。それに、ちょっと半熟のオムレツと、生野菜。スープでなくてみそ汁がついているのが、かえっていい感じに見える。

「うまそうだな。いただきます」

「どうぞ」

オレはとりあえず、祭里の手料理をほおばった。オムレツにはハムと玉ねぎが入っていて、バターと混ざってほんのり甘い。

――まいるよなあ。ホントに、こいつの料理食べてると、ごまかされちまう。毎日が、何の問題もなく穏やかに、ホームドラマみたいに過ぎていってるんじゃないかって。

「これ、麦茶ね。パンだから喉《のど》が渇くでしょう。あとで、コーヒーもいれようか」

まだ細やかに気を使ってくれる祭里に、オレは少し鼻の奥がつんとした。

「いいから座れ、祭里」

「ん?」

少しきょとんと首を傾《かし》げ、祭里はオレに言われるままに、正面の席についた。

「まだ、ダメか」

「え……何が?」

「昨日の今日だから、まだかもしれないけど。――落ち込んでた理由、言えないか」

「あ――」

祭里ははっと言葉を呑み込み、少しオレから視線をずらした。

「な、何でもないよ。全然」

「ウソつくな」

少し声をきつくすると、祭里はさらに目をそらす。

「無理してるだろう、おまえ。――町内会の会合で、なんかあったんじゃないのか」

「……………!」

鋭く息を吸い込んで、祭里が目を伏せた。

「外から帰ってきたら、おまえがひどく元気がなかった。だったら、外で何かあったと考えるのが普通だからな」

　オレは少し、口調を和らげた。

「なあ、祭里。――ひとりで背負い込めることなのか、それ。そりゃあ……オレは、しがないオーナー代理だけどさ。黙っていて解決することじゃないんじゃないか？」

「う……」

　祭里が思い詰めていく緊張が、少しオレにも痛かった。だけど、そうやってたったひとりで抑《おさ》え込まれ続けていたら、オレはどうしてやることもできない。

　オレも祭里も、しばらく黙っていた。

　暑くなっていく夏の朝に、蟬《せみ》の声だけが響く――。

「たいへんよぉぉぉっ！」

　と、いきなり玄関の戸が開く音がして、沈黙を破る大声が響き渡った。――由利の声だ。

　さらに、ばたばたと足音が続いて。

「へんな若いオトコが、今朝からずーっと恋之湯の周りをうろちょろしてるの！」

　居間に飛び込んできた由利が叫ぶ。その騒ぎを聞きつけた夏流と涼子が姿を現し、そしてエレナも庭から駆けてきた。

「あちこち、なんか調べてる感じでキミ悪いのよ。アイツ、変質者じゃないのかしら？」

　由利は血相を変えて説明している。

「変質者？」

「だって行動があやしすぎるもの！　敷地の内側までは入ってこないみたいだけど、家の周りを何度もぐるぐる回って、あちこちから中を覗《のぞ》いてチェックしてるんだから！」

「本当に変質者だったら大変なことだ。とりあえず、出て確認するか」

涼子が言うのに、エレナが大きくこくりと頷《うなず》いた。

「そんなやつは、あたしのこの手裏剣で、ずたずたにしてやります！」

「まかせて、わたしも武器にはぬかりはないわ！」

由利も同意し、まず二人が決意したように出ていくところに、涼子と夏流も続く。

「おい、おまえら……！」

オレが呼んでも、振り返る様子もない。ずんずんと進む彼女らを追って、オレと、そして祭里も外へと急ぐ。

——由利の言うように、その男は変質者なんだろうか。いや、もしかして……。


オレと祭里が追いついた時には、すでにそのあやしい若い男と、恋之湯の下宿人連合が対峙《たいじ》を果たしていた。

「あんた、どういうつもりで恋之湯の周りをうろついてんの？」

「妙な真似《まね》をすると、あたし、ただじゃおきませんよ！」

由利とエレナが食ってかかろうとする。

「おいおい、勇ましいお嬢《じょう》さん方だな」

その男は軽い苦笑を浮かべた。

ざっと見たところ、きちんとしたスーツを身につけた、いかにもサラリーマンという風情だ。顔もスタイルもけっこういいのが、同じオトコとしてちょっと腹立つけど。

やっぱりこいつは――。

「まあ、待て」

オレはその場に割って入った。恋之湯住人で一、二を争う変人二人に任せておいたら、どんなことになるかわかったもんじゃない。

「どうやら恋之湯のことを調べているようですね。何も断らずにそういうことをすると、怪《あや》しまれても何も言えないんじゃないですか」

「――きみは？」

「恋塚《こいづか》英一。ここのオーナーの、恋塚重正の孫です。今は、祖父の代理でオーナーです」

「ああ……お孫さんか。これは失礼しました」

と、男はスーツの胸ポケットから名刺入れを取り出し、オレに一枚を差し出した。

「申し遅れました。僕は柘植《つげ》といいます」

もらった名刺には、名の知れた不動産会社の名前と、柘植——柘植秀之《ひでゆき》と書いてあった。

やっぱり——そうか。

「……再開発計画ですか、この町の」

「ああ、知ってたんだね」

「——この恋之湯が、買収予定地だということも」

「お兄ちゃん！」

祭里が鋭く叫んだ。

「なら、話は早い。僕がここの担当者ですよ」

「あんた、地上げ屋だったのね！」

由利が持っていた自作武器を構える。トンカチの親玉（って由利に言ったら怒られるだろうなあ。ちゃんと命名してるんだろうから）みたいだが、確かに殴られたら痛そうだ。

「恋之湯を取り壊そうなんていう人は、ここから無事に帰れると思わないでください！」

エレナがふところから手裏剣を出して構える。

夏流さんと涼子も、じっと柘植さんをにらみつけた。

「別にケンカを売るつもりはないよ。買い上げの予定地だというのを、肯定《こうてい》しただけだ」

「充分ケンカ売ってるわよ！」

柘植さんは由利に怒鳴《どな》られて、軽く笑った。

「ともかく、今日は退散するよ。本当はおじいさまにお会いしたかったんだけど——」

「祖父は旅行中でしばらく戻りません」

「……そうか。なら、しかたないね。とりあえず出直すことにするから、僕はこれで」

「二度と来るなーーっ！」

由利の罵声《ばせい》を背中に、柘植さんは去っていった。

オレは、ぽんと祭里の背中を叩《たた》いた。

「——ともかく、中へ入ろう。今後のことを話し合わなくちゃな」

「……………うん」

祭里が、こくりと頷く。諦《あきら》めの顔つきだ。そして居間に戻ろうとした時、声がした。

「どうしたの。みんな揃《そろ》って」

道を歩いてきたさくらが、オレたちを見とがめて首を傾げた。

「今、スーツを着た男とすれ違ったろう」

「ああ、うん。わりとカッコいいオトコね」

にしゃ、と笑うさくらに、オレは短く言った。

「再開発の担当者だ」

「…………！」

さくらが息を呑んだ。祭里とオレを見——残りのメンツの、しぶい顔を見た。

「今から話し合うことになった。さくらも来るだろう」

「もちろん。――恋之湯の話は、他人事《ひとごと》じゃないもの」

いつものふざけた口調も顔も捨てて、さくらは低く答えた。


さしずめ、恋之湯会議というところだろう。居間に集まった全員が、ひどく難しい顔をしていた。

祭里がオレを、複雑な表情で見つめた。

「お兄ちゃん……知ってたんだ」

「――おまえが何も言わないから、さくらに聞いたんだ。祭里が落ち込んでる理由は、多分、町の再開発で恋之湯を買い上げる件だろうって」

「祭里、……ごめん」

さくらがぽつりと言うと、唇を噛《か》んで祭里は黙り込んだ。

「本当は知ってるって言おうとも思った。でも、祭里から言ってほしかったっていうのが、オレの本音だ」

祭里はうつむいたままだ。誰《だれ》もが何も言わず、祭里の様子をじっと窺《うかが》っている。

「……前から再開発の話は、町内会で何度も話し合われてたんだけど、本当にここ一日二

日で、急に動き出したみたいなの」

祭里は、細い両手の指を組み合わせて、きゅっと握った。

そういうことなら、柘植さんが恋之湯の下調べに来ていたのも納得がいく。

「だからちょっと、私、パニックしてたんだと思う。おじいちゃんはいないし、――お兄ちゃんはここに来たばっかりで、そんなこと急に言っても困るだろうし……」

祭里の声が、少し震えた。

「隠してたってしょうがないのにね。――さくら、私こそごめんね。私から言わなくちゃいけなかったのに」

「祭里……」

「ねえ」

由利が口を開いた。

「話し合うって言ったって、この中に恋之湯がなくなってもいいなんて人、いるの？」

全員が、顔を見合わせた。

「いるわけないいじゃない。決まってるわよ。ねえ？」

「結論を急ぐなよ、由利」

オレは口を挟んだ。

「でも――」

「ともかく、全員の意見をそれぞれ聞こう。確認はしておいた方がいいだろう？」

「………そうね」

しぶしぶ、由利は認めたようだった。

「ちょうどいい。まず由利からだ」

「わたしは今も言ったけど、恋之湯売却は反対よ。地上げなんてとんでもないわ！」

なんでそんなことを訊《き》くのかと憤慨する口調で、由利はきつく言った。

「わかった。じゃあ、エレナは」

「あたしも、いやです。恋之湯が好きだから——あたしはここにいたいです」

小柄な身体《からだ》から想《おも》いをほとばしらせるように、エレナが言う。

「そうか。……夏流さんは」

「わたしもですよ。ここは約束の場所ですから……なくなったりしたら、困ってしまいますわ」

ふわ、と小さく微笑《わら》う。

「涼子は」

「……わたしも、皆と気持ちは同じだと思う。だが——」

そこで、涼子はふと口ごもった。

「いや、……なんでもない」

(……なんだ？)

曖昧《あいまい》な口調と、微妙《びみょう》な表情が、涼子らしくないような気がするけれど——。

「とりあえず、売却は反対ということでいいのか？」

「……ああ」

確認すると、涼子は頷いた。が、何か含みがあるのは間違いなかった。それが何かオレは気になったが、今はほかにしなくてはならないことがある。

「じゃあ、さくら——」

言いかけて、オレは言葉を止めた。さくらはここの住人ではないのだ。

「部外者扱いしないでよ、英一。あたしだって、恋之湯が大好きでここにしょっちゅう遊びに来てるんだし。ちっちゃい頃から馴染《なじ》みのある場所なんだからね。反対に一票入れておいてよ」

「……わかった。最後に、祭里」

少し考えてから、祭里は口を開いた。

「私は……私は、絶対にいや。私個人は。……でも、最後はおじいちゃんが決めることだと、私は思ってる」

(祭里……)

オレは、少し苦い気持ちになった。この言い方はきっと、さくらが言っていた、恋之湯の経営が最近あまり振るわないことが原因なんだろう。気持ちの——精神的な問題と、現実的な問題は、別の場所にあるってことだ。

そしてそれがわかっているからこそ、祭里はひとりで悩んでしまったに違いなかった。

「ところで英一。あんたはどうなのよ」

由利がオレをじろりと見た。

「認めたくはないけど、あんたが今は一番の責任者の立場なのよ」

「オレは——そうだな。祭里の意見に賛成だ。結局は、じいちゃんの持ち物だからな」

由利はしばらくオレを値踏みするように見ていた。が、ふうっと息をつく。

「そうね。……しかたないわね。おじいさんがいないんだものね」

由利の言葉に、全員が途方に暮れたような表情を浮かべた。——実際、オレも困り果ててはいたんだ。


緊急会議は、とりあえず終了した。一応、全員の意見が一致したということに、なるんだろうな。

オレは自分の部屋に戻ろうと廊下《ろうか》を歩いていた。たぶん、ほかのみんなも部屋に戻ったんだろう。さくらは、少し祭里と話すといって、まだ居間に残っているが。

さて――オーナー代理としては、まず何をしたものか。

ぼうっと考えていたら不意に、つん、とTシャツがひっぱられた。

「ん？」

振り返る。

「……エレナ」

俺の服の裾《すそ》をぎゅっと掴《つか》んで、エレナが真剣な面もちで立ちつくしていた。

「あの、……英一さん」

「なんだ、どうした？」

あまりの必死さに、オレは少し動揺しながら答えた。

「その――……恋之湯は、なくなったりしませんよね？　みんな反対してましたし、重正さんだって……売っちゃったり、しませんよね？」

大きな、少し潤《うる》んだ目が、じっとオレを見てる。

どう答えてやればいいのか、とても微妙だった。オレは、恋之湯がなくならないと断言できる立場じゃない。でも今はオーナー代理だ。それを言える、唯一《ゆいいつ》の人間でもあった。

「――エレナ」

「あたし、ニンジャマスターになれるまで、ここで修行したいんです。重正さんは、あたしのそんな夢を、笑わずに聞いてくれました。がんばれば、きっとなれるって言ってくれました」

ひくっ、とエレナの肩が震えた。

「そう言ってくれる重正さんは、絶対ニンジャの子孫なんです。……絶対です」

オレは、エレナは単に信じ込みやすい、純粋って言えば聞こえがいいけど——ちょっと単純すぎるところがあるのかなと、実は勝手に思っていた。今朝のラジオ体操だってそうだ。ちょっと調べれば、わかりそうなものだと。

でも、もしかしたらエレナは、信じたいだけなのかもしれない。本当はウソだとわかっていても、自分を奮《ふる》い立たせるために、目指した目標へとたどり着くために、ただ信じようと決めている——きっと、そうだ。

なら。

オレにできることは。

「だいじょうぶだよ」

オレは微笑《ほほえ》んでやった。

「全員が売りたくないと思ってるわけだろ。なんとかなるさ。——オレはじいちゃんほど力はないけど、できる限りのことはしてみる」

「英一さん……」

エレナがあわてて目をごしごしとこすって、オレの裾から手を放し、両手を腿《もも》の上に揃えてふかぶかと頭をさげた。

「ありがとうございます！」

「ともかくエレナは、修行していればいいさ。エレナも、今エレナにできることをするんだ。きっとそれが、一番早道だ」

「はいっ！　あたし、がんばります！」

ぺこ、ともう一度頭を下げて、エレナは走って行った。階段を上らないということは、自分の部屋に戻るつもりはないということだ。きっと、庭でまた修行をしようとでも思ってるのかもしれない。

じいちゃん。じいちゃんと恋之湯はこんなにみんなに愛されてるっていうのに――その恋之湯の緊急時に、世界一周新婚旅行なんてとんでもない話だぜ？　だいたい、じいちゃんだって、この町の再開発の話を、知らないわけはないはずなのに。

「ふう……」

オレはひとつ、息をついた。今のやり方で果たして本当によかったのか見当もつかないけど、それしかできないんだから、しかたない。

と。

ゆっくりと両手を打ち鳴らす音がした。拍手、か……？

「ブラボー、英一」

「さくら」

いつから見ていたのか、さくらが手を叩きながら、にっと笑った。

「あんた、思ったよりやるじゃない。さすがおじいちゃんの孫っていうか——口が達者になったわね」

「おまえ、それ誉《ほ》めてない」

オレが軽くにらむと、くくっと笑ってさくらは眉《まゆ》を上げて見せた。

「なんだ、祭里との話は終わったのか」

「まあね。だから、そろそろ家に戻ろうかと思って。花屋の店先に、この花園さくらちゃんの姿がないとさみしがるお客さんが多くてねー。なんたって看板娘ですから」

「……はいはい」

とりあえずその辺は聞き流しておく。

「祭里の様子、どうだった」

「んー……」

やや考えて、さくらはぽん、と手を打った。

「ちょうどいいわ。道すがら話してあげるから、英一、あたしを家まで送んなさいよ」

「へ？」

「いいでしょ、それくらい。祭里のこと、聞きたくないの？」

「——わかったよ」

オレは頷いた。


てろてろと住宅街を歩いていく途中で、さくらはぐるっと辺りを見回して言った。

「ここに住んでる人たちはね、——どっちかっていうと、再開発賛成派が多いらしいわ。会合で聞いたところによるとね」

「……そうなのか」

「そりゃそうじゃない？　だって小売店ばっかりの商店街をつぶして、総合ショッピングセンターとか、アミューズメントスポットとかできるわけでしょ？　外から来る人が増えて、うるさくなるかもしれないけどさ。それに伴って住宅街の方も、マンションとか建《た》てる計画、あるらしいよ」

「まあ……便利な方を選ぶよな」

「そういうこと」

夏の濃い陽射《ひざ》しの中で、木造建ての多い家々は、どこか涼しそうに見える。

「見た目は昔ながらの下町で、全然変わってないのにな——この住宅街も。でも、人間は変わってしまってる、ってことか」

「時の流れには逆らえないんだろうけどね。あたしなんて、恋之湯の懐かしい感じとか、このへんの町並みとか大好きだから、あんまり再開発なんてしてほしくないんだよねー」

オレはさくらの顔をまじまじと見た。

「……なによ」

「オレ、おまえはなんとなく、そういう再開発、いやじゃないんだと思ってた。——んなわけないのにな。さっきだって恋之湯買収反対してたのに」

「どうしてそう思ったの」

「きっと、おもしろいこととか、新しいことが好きな感じがしたんだろうな。だから」

「そりゃあ、そういうのキライじゃないわよ。だけど、それとこれとは話はベツよ。あたし、意外とこの町のこと、愛してんのよ。恋之湯だって……思い出とか、あるしね」

「ああ——」

言われて、頷いた。

「オレも一緒だ。オレもこの町が好きだからな。変わってほしくはないよ」

ふと、一軒の家の庭先に、風に揺れる黄色い花を見つけた。

「なあ、さくら。電車でこの町に近づくと、何がまず見えるか知ってるか」

「……電車で？」

「そう。——ひまわり畑だよ」

オレの脳裏に、鮮やかな黄色の波が映る。

「特急なんかで来ちゃうとわからないんだけどさ。単線電車の方でのんびり来ると、よーくそれが見えるんだよ。オレ、あれが好きでさ」

たいてい、夏ごとに遊びに来ている場所だったから、いつもこの町は、満開のひまわりと一緒にあった。真夏の陽光を全身に浴びてすくすく伸びている、太陽の花。

「のどかっつーか、平和な夏休みのシンボルみたいな光景で。今回もそれを見て来たんだけど、なんかこう――胸がぐっと詰まる感じになった」

「……あんた、思ったよりロマンチストね」

「ほっとけ。男はたいていそういうもんだ」

「そうかしら」

ちょっと肩をすくめてから、さくらは真顔になった。

「祭里もね、そんなとこよ。あたしらと同じ気持ち」

そうだ。祭里のことを聞くために、こうしてさくらと一緒に歩いているんだった。

「でもきっと、あたしたちより祭里の方がはるかに真剣だと思う。あの子は本当に恋之湯が好きなのよ。それはわかるでしょ？」

「ああ」

オレは頷いた。

「うら若い、かわいい女の子が、銭湯でくるくる文句も言わず、楽しそうに働いてるんだもん。恋之湯に来るじじばばたちのアイドルよ、あの子。おじいさんより人望あるかもしれないくらい。そのくらい好きなのよ、恋之湯が」

さくらは、呆《あき》れと――ちょっとだけ羨望《せんぼう》が混じった、微妙な笑みを浮かべた。

「だから、再開発の話に加速がついて、すごくびっくりしてパニックになったみたいね。でもみんなに話したら、ずいぶん気が楽になったって笑ってた。特に英一にね。……あ、ちょっと待って」

さくらが足を止めたと思うと、すぐ近くの駄菓子屋《だがしや》に入っていった。のんびりと歩を進めていたが、いつの間にかオレたちは商店街まで来ていたのだ。

ほどなくして出てきたさくらは、オレに長い棒状のものを手渡した。

「はい。ここのアイスキャンディー、好きだったでしょ、英一」

「あ――うん」

周りに霜《しも》のついた冷たい菓子を、ひとくちほおばる。

「うわあ。……すごいな、昔のままの味がする」

「まだ同じように手作りしてるのよ」

さくらは、ピンク色のアイスキャンディーを嬉しそうにかじった。

「よく祭里と三人で食べたっけ」

「そうそう、プール帰りとかにね。英一はチョコ、祭里はバニラ、あたしはいちご」

「それで祭里がお腹《なか》こわしたりしてな。じいちゃんに、プール帰りに冷たいものは食べちゃいかん！とか叱《しか》られた」

「でも——」

もうひとくち、しゃくりといちご味のアイスキャンディーを噛み取って、さくらはつぶやいた。

「ここも買収予定地なのよ。店のおじさんは悩んでるみたい。経営難はどこも同じってことね」

「そうか……」

「恋之湯も最大の問題はそこでしょ？　それがなければ、絶対売らないって突っぱねられるところもあるけど、最近お客が減り気味なの、一番知ってるのは祭里だもん。おじいさんが、売った方が得策だと思ったら拒めないわよね。あそこはおじいさんの持ちものなんだし」

「……じいちゃんの気持ちは、正直わかんないよ。こんな大事な時に、新婚旅行なんかしてるし。だって、このへんの再開発の話は、じいちゃんが旅行に出る前からあったわけだろ？　もし真剣に考えてるなら旅行、それも世界一周の船旅になんて行くわけない」

さくらは、食べ終えたアイスキャンディーの棒の先を、つい、とオレに向けた。

「案外、英一のためだったりして。ほら、獅子《しし》は千尋の谷に子供を突き落とすっていうじゃない？　かわいい孫に、危機に直面させて男を磨《みが》く」

「……おい、いくら何でもそりゃないだろう」

それにしてはでかすぎる課題だ。経営する銭湯が生き残るか否かっていう瀬戸際に追い込まれてるのに、学生の孫に任せたりするか？

「わっかんないわよ？　重正のおじいさんは変わってるから」

「うーん……」

それを言われると弱い。間違いなく、あのじじいは変わり者だ。

と——そろそろさくらの花屋が見えてきた。

「さーて、あたしは職場に戻るとするわ。……でも、英一」

さくらは真剣な顔を作った。

「祭里のこと、気づかってあげなさいよ。あの子を元気づけられるの、たぶんあんただけだから」

そこまで真面目《まじめ》な口調で言ってから、さくらはにやりと片方の唇の端をあげた。

「エレナを励ましたみたいにやれば、きっと大丈夫でしょ。そしてたいへんな状況を乗り越えたら、かわいい恋之湯のお姫様《ひめさま》はきっとあんたのものよ～。おーっほっほっほ」

「……おまえな」

「じゃあね～」

たたた、と最後は足早に、さくらは店に駆け込んでいった。


来た道を、ゆっくりと戻る。

恋之湯とこの町を取り巻く問題は解決していないし、むしろ発生したばかりと言えるんだろう。が、祭里が少しは気が楽になったようだと聞いて、オレは内心、それだけはほっとしていた。

再開発の波、ねえ。バブル崩壊、だっけ。あれ以降、そんなのはほとんどなくなったと思ってたけど――かえって地価とかが安くなってるからかな。こんな田舎の町にも、目をつける会社はあるってことなんだな。

ったく、オレだったら、この懐かしい町並みを活《い》かしてなんとかするけどね。一応オレは、大学では都市環境工学を専攻してる。そんなにマジメな学生じゃないけど、町とそこに住む人々には興味がある。

こんな懐かしい空気、もう人工じゃ作り出せないんだからさ、大事にした方がいいと思うなあ……って、オレが思ってもどうなるもんでもないかな。

オレは改めて、町並みを見ていた。この商店街だって、昔は酒屋だったところが今はコンビニも経営してたり、薬屋もフランチャイズなのかな、大きな安売りのチェーンになってるところとかもあったりする。微妙に適合してるんだから、一気に変えなくてもやっていけそうなもんだけどなあ……。

（——あれ？）

その薬屋の前に、大きな黒塗りの車が停《と》まった。ベンツ……だな。それも相当大型だ。でも、オレの目を惹《ひ》いたのは、それが理由ではなかった。

（涼子じゃないか）

停車した車から降りてきたのは、髭《ひげ》をはやした老人だった。この暑いのに黒スーツ、しかも白い手袋付きだ。

（涼子と……何か話してるな）

言い争ってるようにも見える。オレは気になって、なんとか声が聴き取れる場所まで近づいてみた。

「関係ないと言っているだろう！　わたしは家を捨てた人間だ」

「しかし……大旦那様《おおだんなさま》の具合が——」

ぴく、と涼子の肩が揺れた。

「なんだと？」

「あまりよろしくないのです。それでも——お嬢様は、お戻りにならないとおっしゃるの

ですか」

「…………」

涼子は、瞳《ひとみ》を何度かしばたたいた。困惑したように、目を泳がせる。

だが、きっ、とその老人をにらみつけて、涼子は背を向けた。

「知らん！　ともかくわたしは関係ないのだ。——行くぞ」

「……お嬢様！」

老人の声は悲痛だった。だが、涼子はそれを無理に振り切るように、歩み去った。

お嬢様、と、涼子は呼ばれていた。

（あいつ……いったい何者なんだ？）

夏の陽射しの中で、真っ黒い車と、涼子の白いシャツの背中だけが、くっきりと切り取られて見えた。

第四章　恋之湯に埋蔵金？

そのままオレは、少しの間涼子をこっそりとつけてみた。涼子はまるで、さっきのオレみたいな行動をしていた。町のあちこちをぐるっと見回し——しばしため息をつき、何かを考える。

やっぱり、同じことを考えているんだろう。恋之湯だけじゃなく、この町自体が大きく変わってしまうかもしれない瀬戸際なんだ。

普段はつんけんしてる涼子だけど、この町には相当愛着があるんだろう。そんな行動だった。

(……ん？)

そして涼子は一軒の店の前で立ち止まった。さくらの花屋だ。

声をかけると、奥からさくらが出てきた。なにやら、ひそひそと会話を始める。二人とも、やけに神妙な顔をしていた。

なんだろう——あれもこの町の再開発の話題なんだろうか。それとも——。

(……だけどなあ)

オレはちょっと頭を掻《か》いた。黒塗りの車の件も気になるし、今さくらと何を話してるのか知りたいのはやまやまだけど、直接涼子に聞いても話しちゃくれないだろうし。オレのことはどうにも気に入らないようだからな。

しかたない、またあとでさくらからこっそり聞き出すか。あいつを利用するみたいだし、こそこそしててイヤなんだけど——。


ともかく恋之湯で、今後のことでももうちょっと考えよう。

「ただいまー」

母屋《おもや》にたどり着き玄関の戸を開けて、そのまま階段を上ろうと思った時、オレは居間の方がずいぶん騒がしいことに気づいた。

「……なんだぁ？」

なかなか今日はにぎやかな日だ。ちっとも落ち着いて考えられそうにない。

「あ、英一！　見てよこれ！」

居間に行くと、由利がオレの顔を見て、鬼の首を取ったような勢いで叫んだ。

「ほら、これ、何だと思う？」

一枚の紙切れを自慢そうに見せびらかす。眼鏡《めがね》の奥の瞳《ひとみ》が、きらんと光った。

「大変な発見なんですよ、英一さん！」

その横でエレナが、わくわくした顔をしている。オレの服の裾《すそ》を掴《つか》んで、泣きべそをかいていたのはどこへ行っちゃったんだろうな。でもまあ元気になったんなら、それでいいけど。

「うん？」

オレはその紙を覗《のぞ》き込んだ。

「地図……？」

描かれているのは、恋之湯の敷地とおぼしき地形と、思わせぶりな×マーク。

（……あれ）

——これ、オレ、見たことあるぞ……？

「じゃーん！　なんと、宝の地図なのよ！　驚いたでしょ、英一！　この恋之湯に、すごい額の埋蔵金が眠ってるらしいのよ！」

「これって絶対、ニンジャの隠し財宝です！　ここは由緒正しきニンジャの末裔《まつえい》のお家《うち》なんですから！」

エレナの瞳もきらきらと輝いてる。

「忍者の隠し財宝かどうかはわからないけど、でもこの地図は本物よ？　ちゃんと炭素14法による年代測定にかけたんだもの」

「おまえ、そんなコトできんのか？」

「わたしじゃないわよ。そのスジの人に頼んだの。そうしたら、間違いなくこれは江戸時代のもの、そして埋蔵金の額は今のお金に換算して数百億はくだらないのよ！」

「…………」

オレは、ぽかんと口を開けた。

だって——どう見てもその地図は、オレが子供の頃《ころ》、じいちゃんが見せてくれたヤツだ。明らかにじいちゃんの作ったニセ地図——だった、はずなのに。

「ホンモノの宝の地図だって……？」

「何よ。あんた、自然科学の力を疑うの？」

「いや……そういうわけじゃないけど」

まさかじいちゃんが言ってた『恋之湯には宝物が眠っている』っていうのは、本当のことなのか？

「ともかく！」

どん、と由利が卓を叩《たた》いた。

「わたしは絶対この埋蔵金を見つけてやるからね！　だって——埋蔵金が見つかれば、恋之湯は安泰《あんたい》でしょう？　きっと埋めたの重正さんのご先祖なんだろうし、お金がたんまりあれば、恋之湯を買収しようなんてヤツを鼻で笑ってやれるわ！」

「由利——」

ふん、と由利は顔をそむけた。

「冗談じゃないわ。地上げ屋なんかにやられてたまるものですか。こんな——わたしの才能を存分に活《い》かせる環境、どんなスケールの実験でもあたたかく見守ってくれるおじいさんのいる場所なのよ？　この平和を乱されてなるもんですか！」

「すばらしいです、由利さん！　あたしも全力でお手伝いします！　みんなで恋之湯を守りましょう！」

エレナがぐっと拳《こぶし》を握ってガッツポーズを取る。

こんな言い方、されるとさ。

あの地図が本当にホンモノなんじゃないかと、オレにも思えてきてしまった。っていうか、ホンモノであってほしい。

由利たちも、マジに恋之湯を愛してるんだから。

「さて、もう準備は万端整ってるのよ。ちょっと庭に出て、二人とも！」

「庭？」

由利とエレナが縁側を駆け下りるのに、オレはしかたなく続いた。

「うわっ⁈」

庭のど真ん中に。

でっかい――機械が。

巨大なドリルが三つもついた、すごいヘヴィなやつだ。

「これがわたしの特製宝探しマシン。その名も――『ドリル・ワーム』！」

自信たっぷりに紹介する由利の横で、エレナがぱちぱちと手を叩いた。

「すごいです、さすがです、由利さん！」

「おまえ……こんなでかいもの、いつ作ったんだ？」

「ついさっき」

……よくわからんが、じいちゃん。恋之湯に住まわせるなら、もう少し人間らしい住人にしてくれ、今度からは。

あっという間にこんなでかいものを作り上げるなんて、まさに常識の外にいるぞ、由利は。

でもきっと、あのじいちゃんだからな。わざとそういう人間選んでるんだろうなあ、下宿人は……。

「まあ、ありものをうまく利用さえすれば、コストも時間も削減できるってこと。加工文化で発展してきた日本人のノウハウ、わたしは無駄《むだ》にしないわっ！　さあ、さっそく宝探し開始よ、エレナ！」

「はいっ！」

「待ちなさい」

凛《りん》とした声が、響いた。

オレも由利もエレナも、そちらの方を向く。

「夏流……さん？」

YURI

オレたちは全員、呆然《ぼうぜん》としてたと思う。あんまりはっきりした口調なんで、夏流さんとは気づかなかったくらいだ。

「そんなものでいきなり、何の見当もつけずに、この恋之湯の敷地内を掘りまくるつもりですか？　そんなことしたら、この土地がどんなことになるか——水道管やガス管や、傷つけてはいけないものを破壊したらどうします？」

「あ……」

由利がごくんと唾《つば》を飲んだのがわかった。

「そ——そうね、そういえば……」

「宝探しをするなら、まずはきっちり計画を立てないといけません。いいですか？」

由利とエレナが顔を見合わせる。

「それは、……そうかも」

「あ——はい、わかりました」

すっくと立った夏流さんのそばに、由利とエレナが近づいていった。

「とりあえず、この地図をもとに、どこから調査するのが一番いいかを決めて——それから、埋蔵金というのは、基本的には拾得物扱いです。つまり……」

夏流さんはとくとくと宝探し講座を始めた。

「発見者には平均一割の報奨金《ほうしょうきん》が与えられます。ですがこれは……」

オレは思わず夏流さんの説明に聴き入ってしまった。――論理的というか、やけに詳しい。

この前訊《き》いた時にはごまかされてしまったけど、夏流さんっていったい何者なんだろう。由利も由利だけど、夏流さんも実は奥が深そうだ。

ますます、じいちゃんがおもしろがって下宿人を選んでいた可能性が大だ。っていうか類は友を呼ぶのかもしれない。あの変人じいちゃんがオーナーなんだから、妙な人間が集まっても当然か。

涼子も涼子で何かヒミツがありそうだし……。

「というわけです。いいですか？　じゃあわたしの部屋で、綿密な計画を立てましょう」

「うん、わかったわ」

「はいっ！」

夏流さんが説明を終え、三人は連れ立って夏流さんの部屋に移動していった。

どうやら、この宝探しは夏流さんがリーダーになるみたいだ。想像もしてない展開になったな。夏流さんがいるなら、由利とエレナ二人だけよりは信頼おけるかもしれない……それでもちょっと、不安はあるけど。

まあそれはいいとして、だ。

オレは広い庭を、ひとりでゆっくりと歩いてみた。何かを確かめるように。

小さい頃、祭里とさくらとよく遊んだ場所。恋之湯に続く門は大きくて、植木があちこちに植えられている。その木陰《こかげ》に入ると風が吹き渡って、すうっと汗がひいた。

木には今も昔も、セミがいっぱいとまっていて。オレたちはどうしてもセミが羽化するところが見たくて、一生懸命夜が明ける頃に起きて、眠い目をこすりながら庭に集まったもんだった。

さなぎの背中が割れて、まだ白い、羽も伸びきってないセミ。だんだん色が付いて、オレたちの知っている成虫の形になるまで、三人で息を止めて見てた。

門の前には土蔵がある。物好きで酔狂なじいちゃんの妙なコレクションが、やまほど詰まっている。子供の頃はかくれんぼの、格好の隠れ場所だった。

オレは、重い戸をがたがたと開けて、中を覗き込んだ。ほこりっぽい空気、光が射し込むと、相変わらずごちゃついてるのがよくわかる。

(――きっと由利は、ここで宝の地図を見つけたんだな)

一見がらくたでも、実際は高価なアイテムとかもあるんだろう。価値があると思うヤツには貴重な骨董品《こっとうひん》とか。あんまり物がありすぎるから、この土蔵はオレは調べる気力もわかないんだけど、由利あたりは喜んで物色して、マシンの一部にでも使わせてもらってるんじゃなかろうか。じいちゃんなら、意外とあっさり許可しそうだ。

しかし――この恋之湯は、ある意味では、本当に宝の隠された場所なのかもしれないな。

オレにも、大事な思い出が詰まってる。それは祭里やさくらもそうだろう。涼子やエレナ、そして由利にも、それぞれにとって、宝物のように大切な場所みたいだし。

とんとん、と地面を靴の爪先《つまさき》で蹴《け》る。

この下にマジで財宝が埋まってたり……なんてね。それはとりあえず、夏流さんご一行に任せておくとするか――。

「英一！」

突然大声で呼ばれて、オレはそっちに目をやった。

「なーにしんみりしてんのよ？　オーナー代理のあんたがちゃんとしなくちゃダメじゃないの！」

さくらだ。縁側から乗り出すようにオレを呼ぶその横に、涼子がいる。

「うるせえよ。ちょっとくらいしみじみする時があったっていいだろう？」

そっちへ歩いていくと、けらけらとさくらが笑った。

「まあねえ。毎日こんだけいろいろあると、あんただって混乱するか。昔からハプニングとかに強いタイプじゃなかったし」

「ほっとけよ。確かにいろいろあるんだよ。今だって、見ろよ、ほら」

「え？　――ああ、由利ちゃんね」

由利謹製《きんせい》の宝探しマシンを指さして見せると、さくらはそのマシンを上から下までしみじみと見た。

「今度は何よ。またとんでもないマシンなんでしょ」

「宝探しだってさ。恋之湯の地下には、莫大な埋蔵金が眠ってるらしい」

「へえー、それほんとなの？　おもしろそうね」

「だったら、夏流さんの部屋に行ってみろよ。由利とエレナと三人して、計画立ててるから」

「さくら」

　涼子が口を挟んだ。

「早く行こう。今はそれどころじゃないだろう、時間がない」

「あ……」

　小さな声だったが、涼子の言葉には、奇妙な力があった。

「わかった、ごめん。――じゃあね英一」

　そのまままさくらは、涼子と一緒に廊下《ろうか》の奥へ消えていった。

　それにしても、さくらのところで何か話し込んでいたようだったのに。まだ、ここに来ても話すことがある――それも、あんなにシリアスな顔をして。

　気になるな……。

　オレはそのまま縁側から居間にあがった。

郵　便　は　が　き

料金受取人払

杉並局承認

1071

差出有効期間
平成16年
8月1日まで

1 6 6-8 7 9 0

東京都杉並区梅里2-40-19
ワールドビル202
株式会社 パラダイム

PARADIGM NOVELS

愛読者カード係

住所　〒 TEL　　（　　）			
フリガナ	性別	男　・　女	
氏名	年齢	歳	
職業・学校名	お持ちのパソコン、ゲーム機など		
お買いあげ書籍名	お買いあげ書店名		
E-mailでの新刊案内をご希望される方は、アドレスをお書きください。			

PARADIGM NOVELS 愛読者カード

　このたびは小社の単行本をご購読いただき、ありがとうございます。今後の出版物の参考にさせていただきますので、下記の質問にお答えください。抽選で毎月10名の方に記念品をお送りいたします。

●内容についてのご意見

●カバーやイラストについてのご意見

●小説で読んでみたいゲームやテーマ

●原画集にしてほしいゲームやソフトハウス

●好きなジャンル（複数回答可）

□学園もの　□育成もの　□ロリータ　□猟奇・ホラー系
□鬼畜系　□純愛系　□ＳＭ　□ファンタジー
□その他（　　　　　　　　　　）

●本書のパソコンゲームを知っていましたか？　また、実際にプレイしたことがありますか？

□プレイした　□知っているがプレイしていない　□知らない

●ご自由にメッセージをどうぞ

ご意見、ご感想はe-mailでも受け付けております。 info@parabook.co.jp までどうしようか。たぶん、さくらは涼子と一緒に部屋にいるはずだ。盗み聞き……できないかな。いや、できるか。この下宿は木造だし、防音がいいわけでもない。戸に耳をあてればきっと……。

「お兄ちゃん」

「うわあ！」

やましいことを考えてたもんだから、いきなり呼びかけられてオレはびびってしまった。

「あ、……祭里」

「廊下で何ぼうっとしてるの？」

「いや――祭里こそ、どこにいたんだ」

明らかに外から帰ってきたらしい様子に尋ねる。

「ん？　掃除よ、恋之湯の。それと、ちょっと準備をね」

「準備？」

「うん。……あ、お兄ちゃん、冷蔵庫にゼリー冷えてるよ。私が作ったの。食べる？」

「ああ、うん」

オレは領《うなず》いた。祭里の作ったものなら、何でも歓迎だ。絶対うまいしな。

「じゃあ、ちょっと待っててね」

祭里は言って台所に消えた。オレもまた、居間に戻って座る。

少し間があって、祭里はガラスの器を二つ、持って出てきた。涼しげな色をした容器に、きれいに透き通った赤っぽいオレンジ色のゼリーが入っている。

「何のゼリーだ？」

「紅茶だよ」

受け取って、びっくりした。ゆるく泡立《あわだ》てた生クリームまでかかってる。

「……まさかおまえ、こんな手のこんだおやつ、毎日作ってるのか？」

「そういうわけじゃないよ。気が向いた時だけ。それに、全然手がこんでるわけでもないし。ゼリーって簡単なんだよ？」

「ふうん……」

オレはひとさじ、ゼリーを口に運んだ。ふるっとふるえて、とろんとした生クリームと一緒に、甘く口の中でとける。

「うまい。店で売ってるやつよりうまいかもしれない」

「そんなことないよ」

くすくすと祭里は照れくさそうに笑った。そして、自分でもゼリーを口に運ぶ。だが、ひとくち食べたところで、スプーンを置いた。

「どうした？」

「ううん。……本当はきっと、手作りおやつとか、作ってる場合じゃないんだろうなって思うんだけどね。でも、何かやってないと、どうしていいかわからなくなっちゃって」

「――そうか」

オレはゼリーのやさしい甘みを舌に感じながら、ぽつりぽつりと話す祭里の言葉を聞いていた。

「身体《からだ》動かしてると、ちょっと楽になるんだ。……だから、管理人の仕事も、私は好き。性に合ってるんだと思う」

「うん」

オレは頷いた。

「やっていて楽しいなら、それが一番いい。管理人の仕事ってたいへんなのに、本当に祭里はよくやってると、オレは思うよ」

「……ありがと」

素直に祭里は言った。ぺこっと頭を下げて、笑う。

「なーんか、お兄ちゃんに誉《ほ》められるとうれしいな。このゼリーも」

改めてスプーンを取り上げてゼリーをすくう。つるん、と、透き通ったかたまりが、祭里の小さな唇に吸い込まれるのを見て、オレは少し、どきりとした。

「うん。そう思うと、売ってるのみたいにおいしい……かな」

「自分で言うか」

「えへへへ」

オレがつっこむと、祭里は首をすくめた。

「……せっかくだから、みんなにも持っていってあげようかな。お兄ちゃん、みんなが部屋にいるか、知ってる？」

「ああ、さくらまで揃《そろ》ってるぜ。多分、由利とエレナは夏流さんの部屋。さくらは涼子の部屋だと思うけど」

「え……？」

祭里が不思議《ふしぎ》そうな顔をした。

「——何してるの？　珍しいね、そんなに誰《だれ》かの部屋に集まるっていう人たちじゃないんだけど。そういうときはたいてい、ここでおしゃべりしてたりするし」

「夏流さんと由利とエレナは、宝探しだそうだ」

「宝探し？」

祭里は、伸び上がったプレーリードッグみたいな顔をした。

「おまえ、覚えてないか？　昔、オレたちが小さい頃、じいちゃんが見せてくれた宝の地図があったろう」

「あ……ああ、うん。あった」

「あれを由利が見つけ出したみたいなんだ。で、由利によれば、恋之湯の地下に莫大な埋蔵金が眠っているらしい。庭にある、由利の作ったへんてこなマシンで地下探索をしようとしたら夏流さんに怒られて。それで、なぜだか宝探しに詳しい夏流さんがリーダーになって、今は計画を立ててるんだと思う」

「ふうん……」

祭里は首を傾《かし》げた。

「でも、本当に恋之湯に、埋蔵金なんてあるの？」

「オレはうそっぱちだと思ってる。だいたい、あれ、じいちゃんが作ったやつだろ、あの地図。オレたちあれ見て、宝探ししたじゃないか——結局、見つからなかったけど。だから宝っていうのは、子供が喜ぶようなコインとか、そういうもんじゃないかな」

「……夏流さんたちは、それを知ってるの？」

「ううん。それがさあ——由利の科学的検証によれば、ちゃんと江戸時代に描かれた地図だって言うんだよな。だから、もしかしたらホンモノなのかとも思えるし」

「そう——」

祭里は食べ終えたスプーンを行儀よく置いた。

「おまえさあ、その埋蔵金が本当だったらどうする？　由利たちは、その金で恋之湯は安泰だなんて言ってたけど」

「ええ？　……そうねえ」

頬杖《ほおづえ》をついて、祭里が考える。

「私は――もし本当でも、埋蔵金はどっちでもいいなぁ」

「え」

オレは少し驚いた。祭里が悩んでいるのには、恋之湯の経営難の件もあるんだろうから、お金が手に入るなら願ったり叶《かな》ったりだと思ってたんだけど。

「そりゃあ、お金は必要だよ。今の恋之湯には。すごい額が一気に手に入るなら、由利ちゃんが言うように恋之湯は安泰だと思うし、例えば豪華に改装だってできちゃうよね。でも、私は――」

祭里がオレの顔を見て、小さく微笑《ほほえ》んだ。

「ねえ、お兄ちゃん。さっきね、準備って言ったでしょう」

「ああ」

恋之湯から戻ってきた時に、そう祭里は言った。オレも、何の準備をしていたのかと問おうと思ってたんだ。

「かき氷。由利ちゃんがマシンを作ってくれたんだけど、恋之湯に来てくれた人に食べてもらおうと思って。氷と、シロップを何種類か商店街の氷屋さんが厚意でわけてくれたんだ」

「へえ、いいアイディアじゃないか」

今は夏で、風呂《ふろ》に入っちゃうとやっぱり暑いしな。身体の中から冷やしてくれるかき氷は、きっと喜んでもらえるだろう。

「私もね、ひとつシロップを作ったの。シンプルな——氷みつとか氷水とか呼ばれる、透明なのをね」

祭里の瞳が、柔らかくなった。

「そういうのがいいんだ、私は。——埋蔵金の夢に賭《か》けるのもいいけど、私の大好きな今のままの恋之湯が、もっとみんなの居心地のいい場所になるように、できることをちょっとずつやれたらいいなって」

「祭里——」

「恋之湯は、前よりお客さんは減ってきてるし、おじいちゃんもそれはわかってる。特にお金にひどく困ってるわけじゃないから平気だって笑ってたけど、——でもいつ売られてもヘンじゃないし、おじいちゃんが売るって言ったら、私は反対できない」

ぱちぱちと、祭里は何度かまばたきをした。

「でも、私の努力で、少しでもそれが免れればいいなあって思ってるの。今回、急に恋之湯買収の話が動き出しちゃって、どうしていいのか悩んだけど……結局私は、私にできることしかできないから」

そう言い切って、祭里は笑った。肩の力が抜けた感じの、いい笑顔に、オレには見えた。

「お兄ちゃんは、巻き込まれちゃった感じだよね。突然オーナー代理を言い渡されて、苦労してると思う。こういう言い方って不謹慎なのかもしれないけど――こんなたいへんな時だからこそ、おじいちゃんがいなくて、逆によかったような気がするんだ、私」

「どうしてだ」

問い返してみる。

「おじいちゃんがいたら、私が悩まなくてもきっと解決したことも多いと思う。でも私が恋之湯について、きちんと考えるチャンスももらえなかった。だから」

「祭里、おまえさあ」

オレは笑いかけて、言った。

「わりとオトナだな」

「そうかな？」

「ああ」

見た目はまだまだ、少女っぽい部分も多いけれど。

何となくオレは思うんだけど、自分ができることや、すればいいことがわかってるヤツは、どんな年齢でも大人《おとな》なんじゃないかな。精神的に。

祭里は少なくとも、ここで祭里が何をしたらいいのか、はっきりわかっている。

「お兄ちゃんも、いいオトコになったよね」

「なんだそれ？　昔はひどかったたってことか？」

「そういうわけじゃないよー」

ぷっとふくれる頬を、つついた。

「ったく、すぐふくれる。そういうトコは子供なんだから」

「もー、大人って言ったり子供って言ったり。ホントはどっちなの？」

「祭里はどう思うんだよ、自分のこと」

「え……」

質問で返すと、祭里は面食らったように言葉を失った。

「……どっちかな。私――ねえ、お兄ちゃん」

声がすっと沈んで、祭里はまっすぐにオレの顔を見た。少し身を乗り出すように。

すぐ前に、祭里の顔がある。

とまどったような、問いかけるような瞳。じっとオレを映し出す瞳。

「私、は――子供、かな。それとも――……」

かすかに開けられた唇に、思わず意識が吸い寄せられる。

「祭里――」

心臓が。

どきん、と。

大きく鳴って、おさまらなくなった。

「その――……」

ごく、と唾を飲む。その音が、やたら大きく聞こえる。

オレは、その――。

（ええい！　ダメだダメだダメだ！）

オレは祭里の前髪をくしゃっとかき回した。

「おまえはオレのかわいい妹分だよ。だから、オレよりは絶対子供！　そういうこと」

「お兄ちゃん……」

祭里は一瞬泣きそうな顔になった。またオレの心臓がぎしっと音をたてる。

でも。

祭里は、次の瞬間、いたずらっぽい笑顔になった。

「うん。いいよ。――『かわいい』妹分なんでしょ？」

「……おまえ今、意図的に『かわいい』を強調したな」

「だってお兄ちゃんがそう言ったんだよ？」

「オレは強調なんかしてないぞ」

「うっそ。そう聞こえたよー」

たわいない会話。それがありがたかった。

逃げてしまったオレを、祭里は責めなかった。本当はだから、祭里の方がきっと、はるかに大人だ。

オレなんか——ようやく、自分の気持ちに気づいたところなんだから。

それであせって、妹とか言ってごまかすなんて。

情けないよなあ、オレ。


その後も祭里は、オレを気づかってくれたんだろうな。みんなに紅茶のゼリーを持っていくと言って、台所で用意を始めた。

手分けをして運ぼうと言われ、『お兄ちゃんはさくらと涼子ちゃんにこれを持っていってね！』と、ゼリーを二つ乗せたお盆《ぼん》を託された。

——ちょうどいい。あの二人のことが、オレは気になっていたんだ。

うまくいけば、話が聞き出せるかも……。

涼子の部屋の前でノックをしようとした時にオレは、中の会話がかすかに廊下まで漏れ聞こえてきていることに気がついた。

反射的に、耳を戸にあてた。

『……おじいさまの病気って、相当悪いの？』

これは、さくらの声だ。

『いや、詳しくは聞いていない。――というより、聞けなかった。重ければどうしても、家に帰らなければと思ってしまう』

『うん……そうよね。肉親なんだもの』

『ああ。――それに、それが恋之湯を救うきっかけにもなるとなれば、なおさらな』

……なんだって？

どうして涼子が家に帰ると、恋之湯が救われるんだ？

『つらい立場よね、涼子ちゃんも。実家が名家っていうのも考えもんか』

『うん――他人から見れば、ぜいたくな悩みなのかもしれないが』

『家庭の問題って、それぞれだからね。あたしの家もそれなりにあるし』

『ああ、そうだったな。すまない――それもこれも三梨グループが、この町の再開発を取り仕切ったりするから、面倒なことになっているんだが』

三梨グループ……って、あのでっかい？　有名な？

あれ。

涼子の名字って……三梨、だよな。

と、いうことは。

『結局、結論は簡単なことなんだ。わたしが帰ればいいだけだ。わがままを言わず』

『そんな捨て鉢《ばち》な言い方しないでよ。——最終的には涼子ちゃんの人生だからさぁ、涼子ちゃんが選ぶしかないいんだろうけど。家に縛られるのも、しんどいのは確かだからさ』

『しょせん……わたしは三梨涼子、なのだよな……』

あの、黒塗りのでっかいベンツ。どう見ても、ドラマの中に出てくる執事みたいなじいさん——と思ってたら、あれ、ホントに執事だったたんじゃないか？　三梨グループのお嬢様《じょうさま》だったら、それくらいいてもヘンじゃないよな。

ってことは、もしかして涼子がこの恋之湯にいるのは、家出同然で逃げ出している、って格好なのか。

『戻れば、恋之湯を救うこともできないわけではないからな。……しかしその時は、わたしは恋之湯にいられなくなる』

涼子の声が、さみしそうに沈んだ。

『重正殿《どの》は、わたしの事情をすべて知った上で、何も気にせず受け入れてくださった。恋之湯は、今は大事なわたしの居場所なんだ。でも、その恋之湯を守るために、わたしは自分の居場所から出ていかなければならないのか……』

『涼子ちゃん……』

さくらの声も、悲痛な響きを帯びていた。

『すまない。泣き言を言っている』

『何言ってるのよ。あたしだって、涼子ちゃんに無理言ってるんだから。……っていうか、あたしのお願いで、涼子ちゃんをもっと苦しめてる部分も』

『いや……さくらは、それでいいのか。恋之湯の方が、大事か』

『――多分、ね』

……………？

さくらの方も、何かあるみたいなんだけど――よくわからない。どういうことなんだろう？

えーい、もうちょっとわかりやすく話せよ！　って無理か……。

『しかし…………』

二人の声がどんどん小さくなる。

（くそっ、聞こえないぞ！）

戸にへばりつくように、さらに耳を強く押しあてた時に、持っていたゼリーの器がかちゃりと音を立てた。

『――誰かいるのか』

誰何《すいか》の声がして、いきなり戸が開いた。

（やべっ……！）

「――英二」

出てきた涼子の顔が、ひどく険しい。

「おまえ、今の話を――」

「いやその、……祭里がゼリー作ったから、みんなに食べてほしいって言うから、オレ持ってきたんだ。っていうわけだから、よろしく！」

無理矢理にお盆を押しつけて、逃げ出した。

「英一！　待て！」

叫ぶ涼子には耳を貸さず、オレは一目散に階段を駆け上がった。


（ひええ、びっくりした……）

自分の部屋に転がり込んで、胸を撫《な》で下ろす。

立ち聞きしたの、ばれちゃったんだろうな。でも、あそこまで聞ければ、まあいい。大収穫だ。

えーと、整理してみると。

涼子は三梨グループのお嬢様。三梨グループは、今回のこの町の再開発を取り仕切っていて、だから涼子が再開発についてはなんとかできる可能性もある。

だが、そうすると涼子は、ここから出て行かざるを得なくなるようだ。

さくらはさくらで、何かを涼子に頼んでいる。それもまた、涼子を困らせている一因、らしい。

恋之湯はどうやら経営があまり思わしくなく、いつ売られてもヘンじゃないと、祭里は考えている。

ともかく、恋之湯の下宿人と管理人は、ここを売るなんて言語道断と思っている。

でも本当に売るか売らないかはオーナーのじいちゃん次第だ。

さて。

オレとしてはオーナー代理だけど、実際恋之湯を売るかどうかなんて決められない。売りたくないけど、じいちゃんが何て言うか……。

結局じいちゃんがいないから悪いんじゃんかよ。

ってさ。

「そうだ、じいちゃんだよ！」

オレはものすごく簡単な結論に達した。じいちゃんに、果たして恋之湯をどうしたいのか聞かなくちゃ、こっちだけで空回りしてもしょうがないし。

オレは駆け上がった階段を今度は全力で駆け下りて、廊下の電話のところに行った。連絡先のメモを持って。

しかし。
『おかけになった電話番号は、現在使われておりません。もう一度番号を……』
じいちゃん。このメモ、間違ってるよ……。
「あんのクソじじい！　こんな時に、世界一周新婚旅行なんて、何考えてやがんだ！」
オレは思いっきり大声で、叫んだ。
恨むぜ、じいちゃん。

第五章　敵か味方か

居間の卓の上には、何枚もの紙が広げられていた。そしてそれを覗《のぞ》き込んでいるのは、夏流さんに由利、エレナの埋蔵金探索チームだ。

夏流さんが赤いペンで、紙に○やら×やらを書き込み、さらに細かいメモ書きをしている。思ったよりもきちょうめんだな、この人。っていうより、こういう作業に慣れてる感じがした。

「……ここと、ここはもうつぶしましたから、次はこの辺りを重点的に調べましょうか。エレナちゃんはこっち側を、由利ちゃんはこちらからお願いしますね」

「わかりました！」

「オッケー。ここね」

エレナが敬礼し、由利が頷《うなず》く。

どうやら夏流さんは、古地図と今の恋之湯の地図を並べて、どこを探したらいいのか決めているようだった。

と、由利が少しせがむような口調で夏流さんに言った。

「ねえ夏流、まだあのマシン使っちゃダメ？　せっかく作ったのに、ドリル・ワーム」

「だめです」

きっぱりと夏流さんが首を横に振る。

「えーっ？　……やばくないところだけ！　ね？」

由利は自分で作ったマシンの力を試したくてしかたないんだろう。夏流さんに一生懸命頼み込んでいる。

それにしてもあのマシン、相当パワーありそうだからな。本当にうっかりガス管にでも傷つけたら、辺り一帯大爆発、なんていうシャレにもならない状況になりかねない。

しかし、相当夏流さんのことを、この宝探しに関しては信頼しているみたいだな。とかく実力行使の由利にしては珍しいや。

「それならもうちょっと手を加えておくから。パワーと、それに制御能力もパーフェクトになるようにね。そうすればよっぽどのことがない限り、ガス管とか水道管とか傷つけたりしないもの。ね？　いいでしょ？」

「……しょうがないですね。じゃあ、やっていい場所をチェックしておきますから、もう少し待ってくださいね？」

「やっりぃ！　頼むね、夏流」

「はいはい」

会話が一段落したところで、オレは声をかけた。

「どうだ？　成果は」

エレナがふるふると首を振る。

「まだです。がんばってるんですけど……」

由利は、ちっちっち、と指を振って見せた。

「なーに、今に見てなさい。絶対に埋蔵金を見つけ出して、地上げ屋をぎゃふんって言わせてやるんだから」

「期待してるよ」

オレが言うと、由利はきょとんと目を丸くした。

「……何よ、そんなに素直に言われると肩すかし食らうじゃないの。ばかばかしいとかくだらないとか、いやみの一つでも言われるかと思った」

「恋之湯を売らないためにがんばってるんだろう？　オーナー代理として応援しなきゃ」

由利はむくれたような、照れたような微妙《びみょう》な顔になった。

「なんか、ヘンに素直なのもやりづらいわね。——まあいいわ。さ、エレナ、行きましょ。……エレナ？」

「ちょっと待っててください」

立ち上がったエレナが、けげんそうな顔で、しゅた、っと縁側から庭に降り立った。いかにも忍者っぽい——っていうと怒られそうだな。エレナは本当にニンジャだってことらしいしな。

どこかへ足早に走り去り、エレナはまたすぐに飛ぶように戻ってきた。そしてあたかも上忍に報告するように、神妙な顔でオレに言った。

「あの……あの人、また恋之湯の中を見てます。地上げ屋の」

「ああ、柘植さんか」

きっとまたスーツで、この暑い中あちこち調べてるんだろうなあ。ご苦労なこった。

「何ですって？　まだ懲《こ》りてないの？　よーし、今日こそわたしのマシンで――」

「おいおい、待てよ由利。なあエレナ、柘植さんは敷地内にいたわけじゃないんだろう？　またどうせ、外から覗いてただけだろう」

「はい……」

不安そうな表情で、エレナが肯定《こうてい》する。

「だったらとがめられないだろう。別に悪いことはしてないし」

「充分してるわよ！　若い男が、女湯の入り口近辺でうろうろしててみなさいよ。立派な営業妨害だわ」

ふーむ。それも一理あるか。

「かと言ってなあ、あっちも仕事だし……」

「地上げの仕事なんてしなくていいわよ！」

「由利、そりゃ暴論だ」

オレたちがそんな会話を交わしていると、居間に入ってきた人影があった。

「おじゃましまーす。……何騒いでんのよ」

「まあ、さくらちゃん、いらっしゃい」

夏流さんがおっとりと挨拶《あいさつ》する。しかしこいつ、本当によく恋之湯に入りびたってるな。本業の花屋はどうしたんだ、花屋は。

さくらは居間の座卓の上を覗き込んで、納得した顔で頷いた。

「そっか、埋蔵金探しの作戦会議か」

「さくらも一口乗らない？　楽しいわよ、埋蔵金発掘」

由利が言うと、さくらが苦笑しながら首を横に振った。

「ごーめん。ほんとは手伝いたいんだけどさ、ちょっと最近ばたばたしてて。……あ、そうだ英一。今、あのスーツ男、また見たわよ。恋之湯の入り口あたりで」

オレたちは顔を見合わせた。

「ほらごらんなさいよ！　恋之湯の入り口あたり？　女性のお客さんが嫌がって帰っちゃったらどうするの！　やっぱり野放しにしておいちゃいけないのよ」

由利が得意顔で言う。

「だからって、本当に目に見える営業妨害でもされない限りは、その……」

「もう、英一はオーナー代理なんでしょう？　もうちょっとしっかりしなさいよね。こう、びしっと！　びしっと言わないと」

「うーん……」

由利のやり方だと、とかく事を荒立ててしまいそうな気がするんだよなあ。

「なあ、そうむやみに敵対しようとするのはやめた方が得策じゃないかな。こっちが荒っぽく出てしまえば、向こうだってロコツに嫌がらせしないとも限らないだろう」

「はい、あたしもそう思います。――慎重にした方が、安全みたいな気が」

こくんとエレナが頷いた。

「何言ってるのよエレナ。あんただって、この間は手裏剣投げようとしたクセに！」

「それはそうですけど、でも、無駄《むだ》な争いはしない方が……！」

「ちょーっと。あんたたちがケンカしてどうすんのよ」

さくらが呆《あき》れて由利とエレナを引き離す。

「ということは、穏やかな関係になればよいということですよねえ～？」

唐突に、夏流さんが口を挟んだ。

「……まあ、そうだけど」

「お友だちになってしまえばよいのではないですか～？」

「お友だち？」

オレたちは口を揃《そろ》えて言った。

「でも、そんな……どうやって」

「その～、恋之湯流のやり方でどうでしょうか～」

「恋之湯流？」

オレが問い返すと、由利とエレナ、そしてさくらが顔を見合わせた。

「ああ――そっか」

「それはいいかもしれませんね」

「ふふふ～。楽しみね、そりゃ」

な……何だ？　恋之湯流のやり方って……？


オレは悩んだ。

はたして恋之湯流の、お友だちになる方法とは何ぞや？

そしてその結論に、脱力と納得が同時にやってきて、……どっと疲れた。だが、恋之湯の連中は、オレを疲れ果てるままにはしてくれなかったのだ。

なぜって。

「まあ、どうぞおひとつ～」

「いやいや、すみませんね！　いただきます……おっとっとっと」

夏流さんが、柘植さんの持ったグラスに日本酒――夏流さん曰《いわ》く『灘《なだ》の銘酒《めいしゅ》・桜乱舞《さくららんぶ》』らしい。さくらに乱舞されても困るが――をめいっぱい注ぐ。

「……ふうっ、うまい！」

「あら、いい飲みっぷりじゃない！」

「すごいですね！」

くいっと半分ほど飲み干した柘植さんに、由利とエレナが拍手する。オレはそれを、ちびちびとビールをすすりながら見ていた。さくらがそこに茶々を入れ、涼子は相変わらず無言で黙々と飲み、祭里は飲みながらも、おつまみを台所で作ってはせっせと運んでくる。

つまりは、全員強制参加の宴会だったのだ。というわけで、オレは疲れてる場合じゃないというわけ。

どんなに脱力してようが疲れてようが、恋之湯の宴会は飲まなくちゃ許されないからな。この間の歓迎会がいい例だ。まあ、日本古来のやり方っていうか、オレも歓迎会でなんとなく恋之湯になじんじゃったけどさ。

だけど、この方法が。

——意外と功を奏していた。

「たいへんだねえ、柘植さんも。こういう、あんまり望まれない再開発とか担当してると、いろいろ苦情も多いんでしょ？」

さくらがぽんと柘植さんの肩を叩《たた》く。

「そうなんですよ！」

すでに真っ赤になった柘植さんが声を張り上げた。

「だいたい、今時もう流行《はや》らないでしょう？　大規模な土地買い上げとか……どちらかというと、住民の方々の意見を採《と》り入れて、再開発側も寄り添っていくやり方がスジでしょう。みんなね、愛着のある自分の町が、まったく様変わりしちゃったら困るでしょうし」

「それはそうねえ。特にこの町は古いし、昔からの建物《たても の》がいっぱいあるし」

「風情がありますものね～、この恋之湯だって」

「そうですねえ……」

柘植さんはしみじみとした顔で、ぐるっと部屋の中を見回した。

「まったく、その通りですよ。ずっと外から見ていてつくづく思うんですが、立派な門構えといい、しっかりした瓦葺《かわらぶ》きの屋根といい——それに中も、昔なつかしい畳敷《たたみじ》きの日本家屋じゃないですか。こういう家こそ、夏涼しく、冬は暖かい、理想の家なんですよ！」

「——それでも、買収はしなくちゃいけないのか」

涼子の鋭い声が響いた。

「それは、その……」

柘植さんがうつむく。

「——僕個人の気持ちを言わせてもらえば、恋之湯はこの町の財産だと思いますよ。だけど、僕は会社員でしかないですから……」

ものすごく不本意そうな声を出して、柘植さんは肩を震わせた。

「だいたい！」

と、柘植さんはおもむろに叫んだ。沈んだと思ったら、突然眉毛《まゆげ》をつり上げて、ばん！と手で畳を叩く。

「僕はホントにね、住人の皆さんに幸せになってほしいんです！　それこそが、人が暮らす町を作る仕事の、真の目標だと思っているわけですよ！」

「は……はぁ……」

目がすわってる。思いっきりすわってる……。

「なのに上司は、そんな理想論は学生の間だけで充分だ、会社の利益を第一に考えろってもう、毎日毎日……」

柘植さん、絡み酒だよ……っていうか、すごくストレスたまってるんだな、この人。

「本当にまったく、なんで矢倉《やぐら》はああ頭が固いのか！　そりゃあ会社の利益は大事です。僕だって給料もらってる身ですから文句は言えませんよ。だけどね？　直接外回りして皆さんの苦情を聞いてるのは僕なわけです、矢倉じゃなくて！」

柘植さんは、さくらと夏流さんを相手にえんえんと講釈をたれ始めた。

「うんうん、たいへんよね！　さあ飲んで飲んで！」

「新しいお酒、あけましょうか～？　今度はどこのにします～？　甘口辛口、いろいろありますよ～」

　なんだかんだ言って、意外と酔っぱらいをうまくあしらってるなあ、さくらも夏流さんも。まあいいや、ともかくここは二人に任せておこう。

　だけどこうして酒を介して話してみると、いいヤツじゃんか、柘植さんて。ああやって恋之湯の周りをうろついてたのも仕事熱心だからだし、ちゃんと話せばこっちの状況もわかってくれそうではあるし。

　オレはそう思い、ちょっとほっとしてトイレに立とうとしたが――聞こえた声に、オレの足は止まった。

「矢倉、か――……」

　部屋の隅《すみ》にいた涼子だ。矢倉って、柘植さんの上司の名前だよな？

――そうか。涼子は三梨グループの社長令嬢《れいじょう》だ。となると、配下の会社への人事権限もないとは限らないか……。

　でも、涼子はどうするつもりなんだろう――。


　宴会は夜遅くというか、明け方近くまで続いた。まずエレナが『もう眠いので失礼します』と部屋に引っ込み、涼子と由利もいつの間にかいなくなっていた。祭里も、つまみを一通り作り終えると、ごめんねと言って自分の部屋に消えた。

残ったのは柘植さんとオレ、それからさくらと夏流さんだ。その中ではまず、さくらが一番に脱落した。

「ん〜……むにゃ……そうね、柘植さんはえらい、うん……」

いい加減、さくらでも限界が来たんだろう。その場に崩れ落ちるように眠ってしまった。

「うん、そうですわ〜。柘植さん、あなたはいい方ですよ〜」

夏流さんがにこにこして頷いている。この人、顔色も変わらないよ。きれいな顔をして、ものすごい酒豪だ。

「ありがとうございます、みなさん！　僕は恋之湯が大好きだ！」

べろんべろんに酔っぱらいながら、柘植さんが拳《こぶし》を振り上げる。

「だから、英一君！」

「は？」

いきなり水を向けられた。

「ひとつ、いいことを教えてやろう。……実はな。この恋之湯には、弱点があるんだ」

声をひそめて、柘植さんは言った。

「弱点……？」

「そうだ。上司もはっきり言わないもんだから、まだそれしか調べがついていない。僕も必死で、それが何だか調査している最中なんだよ」

柘植さんがとろんとした瞳《ひとみ》で——でも、思ったよりまともな目線でオレをじっと見た。

「恋之湯が取り壊されるなんて、僕も大きな損害だと思う。だから、約束するよ。それがわかったら、きみに絶対教える。そうすれば、きみらももっと楽に戦えるはずだ」

「柘植さん……」

「がんばれよ、オーナー代理！　なぁ！」

オレの肩をばんばんと数回叩いて、柘植さんはずるずると畳に寝転がった。そしてすぐに寝息が聞こえてきた。

「……柘植さんも、お疲れになったみたいですねえ」

夏流さんが言い、ちょっと待ってくださいと言い置いて居間を出て、ほどなくして戻ってきた。

そして持ってきたタオルケットを、さくらと柘植さんにかけてやる。

「いくら夏とはいっても、風邪《かぜ》を引いてしまいますもの。……では、わたしもこれで部屋に戻ります」

「ああ、はい」

「おやすみなさい。……と言っても、そろそろ朝ですわね」

夏流さんが外を見て苦笑した。東の空の端が、明るくなってくる時間だった。

「では失礼します～」

「おつかれさまでした」

オレは夏流さんに頭を下げた。実際、夏流さんは殊勲者《しゅくんしゃ》だ。絡む柘植さんをうまく取りなし、最後にはこっちの味方に付けてしまった。なるほど、恋之湯流のお友だち作り作戦は大成功、といったところだろう。

（恋之湯の弱点、ねえ……）

今や高らかにいびきをかきながら眠る柘植さんを見ながら、考える。

（見当もつかないけど）

ただ、相手に弱点をつかまれているということは、もう狙《ねら》われているということに違いなかった。急に転がり始めた再開発計画らしいけれど、思ったよりその回転は速いのかもしれない。

ふうっと息をついて、オレは立ち上がった。ともかく、休もう。オレも疲れた。

居間から出ようとした時だった。

「……英一」

後ろから声をかけられて振り向くと、さくらがゆらりと立ち上がったところだった。

「なんだおまえ、起きたのかよ」

「うん。家に帰らなくちゃ」

「いいじゃんか、もう少し寝てれば。どうせ恋之湯に泊《と》まり慣れてるんだろう？」

「そうだけど、帰りたいの。――ねえ英一、送ってよ」

「ええ？　なんでだよ」

オレが不満げに言うと、さくらはオレより不満げな顔で頬《ほお》をふくらませた。

「なんでも何もないでしょ。かよわい乙女《おとめ》をこんな時間に一人で帰らせるつもり？」

酔いつぶれてついさっきまで眠ってた女が、かよわい乙女ねぇ。

だが、さくらの足下はどうもあやしかった。送らずに一人で帰して、どこかで転んでケガでもされたらやっぱりイヤだしな。

「わかったよ。送ればいいんだろう、送れば」

「そうそう、素直でよろしい。このさくら様を英一に送らせてしんぜよう」

…………はいはい。


途中、ふらつくさくらを何度か支えながら、なんとか花屋の前までたどり着いた。

「――もうここでいいだろう。あとは自分の家なんだから大丈夫だな？」

「だーめ」

帰ろうとするオレのTシャツの首を捕まえる。

「あたしの部屋、二階なのよ？　階段でこけたらどーすんのよ」

「どうすんのって……」

「いいから部屋までぶつぶつ言わないで送る！　お礼にお茶でもいれてあげるわよ。飲んでいくわよね？」

お礼っていうより脅迫だ。

「わかったよ」

オレは花屋の中まで入り、さくらに肩を貸して、階段をゆっくりのぼっていった。

「サンキュ。じゃ、ちょっと中で待ってて。コーヒーいれてくる」

さくらは自分の部屋に入る前に姿を消した。

「んじゃ、おじゃまします」

誰《だれ》もいないけれど、一応小さく声をかけて、オレはさくらの部屋に入った。

……なんか、想像したより女らしくて、想像したより何にもない部屋だ。シンプルなガラスのテーブル、一人掛けの椅子《いす》と、あとはちょっとしたクローゼットとベッド。

どこにいたらいいのかわからなくて、ベッドの上に転がっていたクッションを拝借して床に座る。

「ふう……」

座って息をつくと、どこかで甘い香りがした。見ると、クローゼットの上に切り花がある。そうか、ここは花屋だっけ——当たり前のことを考えて、オレは少し笑った。

(やっぱ、花が好きなんだよな、さくらは)

小さい頃《ころ》、祭里やさくらと一緒に遊んだりすると、さくらはいろいろな植物の名前を教えてくれた。

(あの背の高いのはねえ、アオイ。こっちは、センニチコウ)

(センニチコウ……?)

(そう。こっちの庭に咲いてるのは、ダリア。あれは——)

(知ってるよ! ひまわりだよ)

あの頃、ひまわりはオレたちの頭の上で、太陽と一緒に輝くみたいに咲いていた。

「——おまたせ」

さくらが入ってきて、テーブルの上にカップを二つ置いた。そして、自分もクッションを取ってきて、近くに座る。

「酔い覚ましのモーニングコーヒーよ。お互いにね」

「ああ。いただきます」

オレはすぐに口をつけた。熱いコーヒーが喉《のど》を通り過ぎ、胃に落ちていって、少しだけ気分がしゃきっとしてくる。

「……ごめんね、無理言って送らせて」

不意にさくらが言った。

「なんだ、殊勝だな。気味が悪い」

「うるさいわね。――お礼が言いたい気分だったの」

ほぼ徹夜で飲んで疲れている、というよりは、どこかさびしげにも見える顔でさくらが微笑《わら》った。

――そうか。ちょうどいい機会だ。

「おまえさあ、……涼子と話、してたろ」

「え……」

「あれ、悪いけど立ち聞きさせてもらった。その――涼子がさ、黒塗りの高級車から出てきたじいさんに、お嬢様って呼ばれてるのたまたま見かけちゃって、気になってたから」

「ああ――そういうことね」

納得した顔でさくらが頷く。

「で？　どこまで聞いたの」

「涼子が三梨グループの社長令嬢だっていうこと。三梨グループはこの町の再開発の総責任者だっていうこと。帰れば恋之湯が救えるかもしれないが、家出してきている涼子としては帰りたくないということ。それと――」

「それと？」

「……おまえにも、何かいわくがあるっていうこと」

飲んでいたカップを置いて、さくらはため息をついた。

「そこまで聞いてたの。あんた、意外とエレナより忍者の素質あるかもね。間者として働けるわよ」

「そりゃそうだ。オレはあの忍者の子孫だと公言してはばからない、恋塚重正の孫だぞ」

オレが言うと、さくらはさもおかしそうにくくっ、と笑った。だがその笑いはすぐに止《や》み、思い詰めた表情へと変わった。

「この町全体、特に商店街が再開発問題に巻き込まれてるってことは、当然うちの店も、その対象地だったりするのよね」

どこを見るでもなく、さくらはぽつんと言った。

「え……あ、ああ――そうか、……そうだな」

オレは少しうろたえながら頷いた。我ながら、まぬけだ。この花屋は、商店街のほぼ真ん中に位置する店なんだ。対象になっていると考えなかった方がおかしい。

「恋之湯はみんなで売却を反対してるでしょ？　でもうちは違うの。お父さんもお母さんも、ここを売っちゃって、そのお金で郊外《こうがい》に、今より広い敷地の店を構えたいんだって。栽培農家と兼業くらいの、大きなやつをね」

さくらは頭の後ろで両手の指を組み、軽く伸びをするように宙を見た。

「それも両親の夢じゃない？　それも、ここさえ売ってしまえばなかなか実現性が高いと思うし。だから、かなえてあげたいのは山々なんだけど——やっぱ、郊外って遠いのよね、恋之湯からは。そうなるとさ、由利ちゃんのダイナマイトな発明とか、エレナのへんてこな忍術も見られないし……何たって祭里のおいしいご飯も食べられなくなっちゃう。あたしには大損害だわ」

「おい、さくら……」

「なあんてね」

さくらはけらけらと明るく笑った。いや——それは、一見明るく見える笑いだというだけだと、オレは思った。案の定、さくらの顔はまじめなそれにすぐ戻ってしまった。

「冗談じゃなくて……ほんとに恋之湯から離れちゃうのが、さみしいの。——だって、よく遊んだじゃない、英一と」

さくらがオレを見て、にこっと笑った。

「ああ。……オレもさっき、昔のこと思い出してた。一緒に遊んで、おまえが花の名前を教えてくれたこととか」

「……ふふ」

さくらが遠い目になる。あの夏の日の、風に揺れるアオイの花。ゼラニウム。そして大輪の、ひまわり。

「この町はいい遊び場だったもんね。空《あ》き地もいっぱいあったし、野原も。でもやっぱり、恋之湯がいちばん楽しい場所だった——だから、うちの店はもういい。でも、恋之湯だけは失いたくない。思い出の場所だもん」

オレは小さく笑った。

「じいちゃんも幸せ者だよ。こんなに恋之湯がみんなに愛されてさ」

「……ばかね、英二」

「へ」

さくらの睫毛《まつげ》が、小さく揺れた。

「——あたしがなんで、こんなにさみしがってるかわかんないわけ？　鈍感」

「え……おまえ、さくら……」

さくらは少し顔を歪《ゆが》めるようにして、喉の奥で笑った。

「まあ、しょうがないか。だって英一、——あんた、祭里が好きなんでしょ？」

そう問われて、オレは答えに迷った。

だがその迷いは自分の心についてではなく、それを口に出すべきか否かということだけなのにも、オレは気づいてしまっていた。

そう——オレは。

祭里が、大事だった。再会して数日なのに、もう、誰よりも。

「……うん」

認めると、さくらはまた笑った。哀《かな》しそうな顔で。

「わかってたわよ。っていうより、あたしが仕向けたっていうのもあるんだし。……あの子、守ってやりたくなるタイプだよね――あたしと違って。あたしは、長い間思っていたことだって、うまく言えないんだよね。くだらないおしゃべりなら得意なんだけどな」

「さくら――」

「そんな目して見ないでよ。……憐《あわ》れんでる顔よ、それ」

「いや、オレは――」

否定の言葉は、口の中で消えてしまった。

さくらはオレをばかだと言った。だけど、ばかなのはさくらの方だ。自分で祭里を守ってやれ、大切にしろとけしかけておいて、本音は――それだっていうのか。

「……不器用だな、おまえ」

「あんたに言われたくないわよ。……でも」

さくらがオレの肩に、そっと頭を押しつけた。

「同情、してよ。今だけでいいから。……なぐさめてよ。自分から失恋の種をまいた、ばかな女を」

語尾が震えた。

「――いいんだな」

「やぼね。聞き返さないで」

言うなり、さくらが顔を上げた。目の前に小さく開かれたその唇を、オレは吸った。

「んっ……」

熱っぽい舌がすぐに入り込んでくる。オレもそれに応《こた》えた。今は、さくらだけを見る。

そう、決めた。

「ふ、う……んんっ――……」

甘い息が漏れる。さくらの舌がオレの口内をさまよい、求められるままに舌を絡めては吸う。目を閉じた睫毛が長かった。あの男勝りの幼い頃の姿は、もうどこにもない。

口が悪くておせっかい焼きで、そのくせ不器用な、さくら。

「……は、ぁ………」

長いキスが終わると、オレたちはもつれ合うようにベッドに転がり込んだ。


ワンピースを脱がせる間もなく、さくらは自分から胸元を押し広げた。ふるん、とこぼれ出した乳房が、きれいだ。吸い寄せられるように、先端の果実に唇を寄せる。

「あ、あっ……!」

第五章　敵か味方か

口に含むと、たちまちきゅっと硬くなるのがたまらなくて、オレは何度も舌でまさぐり、手のひらで押し包んではこねた。

「んっ、あんっ——こ、こら……そんなにしたら、あ、あんっ……！」

「——ずいぶん成長したな、ここは」

「あんっ！」

言いながらぎゅっと両手で掴《つか》むと、豊かな乳房がひしゃげて、でもすぐに弾力でオレの手のひらをはじき返そうとする。

「ん——も、う……ばかなこと、言わないの……は、あううっ……」

「きれいなオッパイだ」

「あ、ぁあっ……え、英一……」

「じゃあ、こっちは——？」

びくんと跳ねる腰の方へと手を這《は》わせていく。まくり上げたスカートの中で、さくらの肌は熱く、かすかな汗のにおいがオレをそそる。

「はうっ……あ、やっ……」

パンティの奥へと指をすべらせると、草むらの向こうに柔らかい肉のひだがオレを待ち受けていた。

「んんっ——……！」

そっとまさぐり、ひだの奥まった方へと指をねじ込んでいくと、さくらの身体《からだ》は何度となく細かく震えた。怯《おび》えているようにも、感じているようにも見える。

「く、ぁ、あぁっ……や、ぁん……」

「――濡《ぬ》れてる」

「あっ……！」

オレが言うと、さくらの顔がぽうっと赤く染まった。

「ほら、わかるか？」

入れた指を、静かに出し入れする。

「んあ、や、……も、う……英一、……あんた、昔より……いじわる、ね……」

「大人《おとな》になったって誉《ほ》めてくれよ」

「何、言って……ああっ……！」

ぐちゅ、と糸を引くさくらの蜜壁《みつへき》をこすり、中からじわりとわき上がる液を指に取っては、花びらの上でひくついている、小さな核をなぶる。

「やぁっ、ん、あっ……ちょっ、と……も、ぉ……そこ、あぁぁっ――」

さくらの声がだんだんひきつれるように高くなっていく。

「ほら」

さくらの手を取って、オレの中心に触れさせる。

「あ……あ、すごい……こんなになって——……」

「さくら、色っぽいな。昔がうそみたいだ」

「いちいち昔の話、しないの……ほんと、でも……すごい——……」

くくっと笑って、さくらはオレのものを下着から抜き出して、軽くキスをした。

「う……」

唇の柔らかさに、ぞくっと快感が走る。

「あんただって……昔がうそみたいよ……」

「うるせ。皮もむける前の話すんなよな。——ったく、そういうスケベなやつは、お仕置きだ」

オレはさくらの手を、ベッドのヘッドボードにかけさせた。まくれたスカートの中から、むき出しになった双丘が丸見えだ。

「え、やっ……英一……」

振り向いたさくらが、少し不安そうな顔になる。

「そうっとするから。いいな」

言って、いきり立ったものを、白い尻肉《しりにく》の合間に押しあてた。

「あ、あぁぁっっ——!」

「くっ——」

潤滑油に助けられて、肉棒がじりじりとさくらのひだに埋まっていく。きゅん、と肉が締まって、オレは思わずうめきを堪《こら》えた。

「は、ぁぁ、あっ……え、英一……」

根元まで貫くと、さくらはぶるっと身体を震わせた。服から飛び出したように突き出す乳房が揺れて、てっぺんで勃起《ぼっき》した果実がさらに頭をもたげる。

「んっ……はぅっ──」

オレは、ゆっくりと抽挿《ちゅうそう》を始めた。

「く、ぅ……あぁっ……んんっ……あ──」

さくらの肉ひだを味わうように、じっくりと突くと、愛液はこすれて糸を引き、さらに奥からわき出してオレを誘う。

「ふぁ、ぁぁっ……ひっ、うぁ──英一、あ、ぁんっ……」

さくらの腰が次第に揺れ始める。オレは柔らかなヒップを強く掴み、オレの動きと同調させていく。

「んぁぁ……く、ぁっ……や、そんな……は、うっ……」

いやいやをするとポニーテールがはねて、だんだんとまとめていた髪が崩れていく。乱れたその姿は、なかなかそそる。

「おまえ、すごいいやらしい格好してるぞ、さくら」

「あ、ぁぁっ……い、いやらしいの、は……そっちじゃない、の……あ、あんっ――う、ひぁぁっ……！」

言いながらさらに深く突くと、さくらの声がいっそう高くなる。もうワンピースはほとんど脱げかけ、さくらの背に汗が浮いてきているのが見えた。

「もっといやらしくなれよ」

「あっ……」

オレはさくらと自分の服を全部はぎ取った。

ベッドに横たわって、さくらの手を引く。

「ほら、来い」

「え――」

「自分から来いよ。できるだろ？　……オレだって、さくらの顔が見たい」

「っ……も、う……――ばか」

さくらは顔を真っ赤にして、でもオレの命令にそむくつもりもなく、おずおずとオレの上に乗ってきた。

「く、ぁっ……！」

さくらが腰を沈めると、割れ目が柔らかに広がってオレを受け入れていくのがわかる。

「あう……や、ん……入って、くる、ぁぁ……」

竿《さお》に、さくらの秘肉のひくつきが伝わってくる。吸いつくような感触に、オレは腰が浮き上がるような感覚を覚えた。

「んぁっ……！」

最後はぐい、とねじ込むようにして、さくらの秘壁が肉棒を全部呑《の》み込んだ。

「あぁ――……」

「入ったな」

言うと、さくらはオレの顔を上から覗き込んで、小さく照れたように笑った。

「なんか……んっ、ぁ……うそ、みたい……――英一と、こんなこと――してる、な、んて……」

「オレもだ」

二人で少し笑って、でもさくらは、笑っていられなくなったのか、小さく身体を震わせ始めた。

「ぅ、あぁ……あん、く――……」

じれてきたような顔に、オレはそっと手で触れた。

「動けよ。好きなように動いてみろ」

「う、ん……んっ、あぁっ――……！」

さくらの腰がグラインドを始める。

「ひぁ、あ、うぁあっ――……！」

たちまちたまらなくなったのか、中のひだがびくびくと痙攣《けいれん》して、オレのペニスは喜んでいっそう硬度を増した。

「ん、ぁ、あ――ァ、やぁんっ、すご、い……あぁアアっ……！」

さくらは快感に突き動かされるように、何度も腰を揺すっては、自分の奥を埋め尽くす肉棒を味わっていた。

「ふ、ぁウ……んっ、あ、あふっ……ん、あぁ――」

さくらの動きにつれて、オレの中をうねるような射精感がわき上がっていく。

「ひァアアっ――！」

下からぐいぐいと突き上げた。オレを咥《くわ》え込む、熱い粘膜。蜜が突くたびに溢《あふ》れて、花びらを濡らし、オレの腹まで滴《したた》る。

「んっ、あぁ、や、んっ……だ、ダメぇ……」

さくらは荒い息で喘《あえ》ぎ、オレと一緒になって狂ったように腰をくねらせた。疼《うず》くほどの締めつけ――もう、限界かな、オレも。

「あ、も、う……あたし、あぁっ……！」

「さくら、……いくぞ」

「う、あぁあッ――あ、あんっ、英一……あ、あたし、も、あァ――」

ひく、と、さくらが息を呑み込んだ。

「あ、う——あ、あぁぁアアッ——！」

「く……」

そのまま呑み込まれてしまいそうなひくつきをかき分け、オレは寸前で肉棒を抜き出した。

「あぁ、ぁあっ……！」

硬直するさくらの裸体《らたい》に、激しく白い液体がしぶく。

「う、ぁ——……ア、ア……」

熱い精液が注がれると、さくらはびくびくと震える。

「んっ……ぁ、う……」

オレがすべてを吐き出した時、さくらの汗に濡れた身体が、どう、と崩れ落ちてきた。

まだ呼吸も整わないさくらをぎゅっと抱きしめて、オレはその額にキスをした。

もう、——唇へのキスはないのだと、オレもさくらも知っていた。

「はぁ……はぁ、……」

その後、オレもさくらも、そのまましばらく寝込んでしまった。あれだけ飲んで——まあ、ああいうことをしたんだし、しょうがないって言えば言えたけど。

さくらの両親の放任主義が幸いして、なんとかばれずにシャワーまで浴びて、オレはさくらの部屋を出ることに成功した。

もう、だいぶ日は高くなって、商店街も動き出している時間だ。早く恋之湯へ帰らないといけない。

(頼むから、酔った上のお遊びだってことにしてよね)

最後にさくらはそう言った。ひどく——さびしそうな顔で。

(ね、英一)

(ああ)

オレは頷くしかできなかった。さくらのためにも、そして祭里のためにも。

ごめんな、さくら。

心の中でつぶやく。口にはできなかった。謝ったら、さくらがきっと、泣く。

でも、オレには守らなければならないものと、守りたいものが、ほかにあるんだ。

守らなければならないのは、恋之湯だ。オーナーのじいちゃんがいない今、オレがちゃんとしなければ、恋之湯を愛してくれる人に申し訳が立たない。

そして、守りたいもの。

(——お兄ちゃん)

祭里の笑顔が、オレの脳裏をよぎる。
そうだ。
——帰ろう。恋之湯へ。

第六章　とことん幸せに

ちょっと眠ったからだろうか。思ったより頭はすっきりしてた。あれだけ飲んだあとだから、今日一日ぼろぼろかと心配していたけど、そんなことはなさそうだ。

(……さくらのおかげかな)

そうふと考えて、少し胸は痛んだけれど、ちょっと照れてしまった。いわゆる朝帰りだよなあ、とか思うとなおさらだ。

——っと、いかんいかん。もう商店街のみなさまは仕事を始めてる時間なんだし、世のまっとうな社会人は会社で電話したり営業に出かけたりしてるよな。

「おや？　英一君じゃないか」

と、商店街を抜けて住宅街に入るあたりで、声をかけられた。

声がした方を見ると、そこにはまっとうな社会人代表、不動産会社勤務の柘植さんがスーツ姿で立っていた。

「ちょうどいいところで会った。ようやくわかったんだよ」

「……何ですか？」

って——もしかしてこの人、スーツ着替えてるよ。オレがさくらと一緒に家を出る時は、まだ寝てたのに。それから起きて家に帰って、シャワー浴びて着替えたりしたんだろうな。やっぱり社会人は大変だ。

「何って、あれだよ。話したろう、恋之湯には弱点があるって」

「あ——！」

　言われてようやく思い出している自分が情けない。当事者だっていうのにな。

「本当ですか。それはどんなことなんです？」

「——これはわりと珍しいケースだと思うんだけれど。古くからある町だからこそ、あり得たことなんだろうなあ。ご近所づきあいがちゃんとあったからこその話だよ」

　そう前置きして、柘植さんが言うことには。

　オレは知らなかったんだけど、恋之湯の隣家の地主とうちの重正じいちゃんは、とても仲がよかったらしい。その地主さんはただでじいちゃんに土地を貸してやり、今、恋之湯がある場所の——ごく一部だけが、隣家のものなんだそうだ。

「問題は、その場所なんだよ」

「……どこですか？」

「銭湯の、ボイラー室のあたりだ」

「ボイラー室?!」

　オレは叫んだ。そんな——そこは銭湯の心臓部ともいうべき場所だ。そこが、じいちゃんの持ち物じゃない、ということは——。

「つまり、隣家の地主さんがそこを売っちゃったら……」

　柘植さんは困った顔で頭をかいた。

「重正さんが懇意にされてた、ご本人がいらっしゃればいいんだが――その方はもう亡くなられているんだ。となると、遺族がもし適当な値段で売却してしまったら、それまでということになる」

オレは懸命に考えた。ボイラー室を壊されたとして、また再建することも、できないわけじゃないだろう。だがそれにかかる費用も相当なものだろうし、さらに今の恋之湯の古き良き姿は、失われることになる――。

「いったい……どうしたら」

思わず漏れた言葉に、柘植さんがオレの肩を叩《たた》いた。

「ともかく、そこを押さえないといけないだろう。重正さんにも連絡を取るんだ」

「――そうですね」

オレは唇を噛《か》んだ。じいちゃん……連絡が取れるといいけれど――。

「それにしても柘植さん、なんでここまでしてくれるんですか。会社は、恋之湯を買い上げたいんでしょう？」

「ああ、そうだよ。多分ばれたら、叱《しか》られるだろうな」

柘植さんは苦笑いを浮かべた。

「だけどね。宴会の時にも話したけど、僕は本当はあんまり無茶なことはやりたくないんだよ。住んでいる人が納得しなければ、やっぱり町の雰囲気全体が悪くなる」

柘植さんは顔をあげて、恋之湯の方を指さした。住宅街を越えた向こうに、恋之湯の大きな瓦《かわら》屋根が見えた。

「大きくて立派な建物《たてもの》だよね、恋之湯は」

柘植さんが微笑する。

「僕ねえ、視察のつもりで、恋之湯の風呂《ふろ》に入ったことがあるんだよ。……なんか、いい感じの風呂だった。そりゃああちこち古いけど、だからこそいいんだなって思える。手入れもちゃんとしてあるし、清潔だしね。――これが壊されちゃうのは惜しいなあって、本音で思ったんだよ」

「……そうだったんですか」

オレはうれしくなった。祭里が毎日、大事に磨《みが》いている風呂だ。あいつの気配りがあれば、昔よりもっといい感じの風呂だと思ってもらえるだろうな。オレも、あの大きくて居心地のいい浴槽《よくそう》は好きで、昔から何度も入ってた。

柘植さんは、ちょっと眉《まゆ》をひそめた。

「それに、うちの上司――矢倉がね。目的を果たすためなら、手段を選ばない男だからってこともあるんだよ。かなりあくどいこともやってるって噂《うわさ》もある。……天網恢々疎《てんもうかいかいそ》にして漏らさずと言うけどね。なかなかそうもいかない」

「柘植さん……」

なんだか、あの絡み酒の理由がわかる気もした。そんな上司の下で、これだけ正義感が強ければ、ストレスでいらいらしてるんだろうなあ。苦労性だな、この人も。

「だから、せめて僕はちゃんと真っ向からやろうと思ってね。だから、きみを応援するんだよ」

「すみません、いろいろ。ありがとうございます」

「いいや。これくらいしかできないけど——さあ、早く帰った方がいい。手はできる限り早く打たないと間に合わなくなるよ」

そうだ。こんなことしてる場合じゃない。

オレは柘植さんに改めてお礼を言い、急いで恋之湯へ走った。もう、酒の名残《なごり》もどこかへ消えてしまった。

守らなくちゃいけない。——みんな、できる限りのことをやってるんだ。オレがやらなくてどうするんだ。


だが。

恋之湯の近くまで来た時、オレは自分の顔がひきつるのがわかった。

すぐ前の道に停《と》まっている、まがまがしい黄色をしたブルドーザー。そのほかにも、明らかに建物を取り壊すためのいくつもの土木機が並んでいる。そしてそのすぐ横に、初老の男がひとり腕組みをしていた。

さらに、そのそばに。

祭里が。

立ちすくんでいた。

まさか——遅かったのか……？

「——お兄ちゃん！」

泣きそうな顔で叫ぶ声に、はっと我に返る。なんてことだ——オレは、祭里を守ろうって決めたばっかりなのに。

ともかくオレは、祭里のもとへと急いだ。

「大丈夫か、祭里！」

祭里は大きな瞳《ひとみ》をめいっぱい見開いてオレを見る。そして、激しく首を振った。

「この人が……いきなり、ひどいこと言うのよ。何言ってるのかわからないの。ボイラー室を壊すって——！」

祭里は相当パニックしていた。ほかの女の子たちはどうしたのか、誰《だれ》も来ていない。たったひとりで、いきなり何台もの重機を差し向けられて、祭里はさぞ恐《こわ》かったことだろう。

「大丈夫だ、祭里。オレに任せろ」

オレが言うと、祭里は小さく頷《うなず》いて、ぎゅっと両手を握りしめた。

「――もしかして、きみがオーナー代理かね」

それまで腕組みをして黙り込んでいた男が、口を開いた。

「重正氏が旅行中ということは、部下から報告を受けておるのでね」

「失礼ですが、あなたは」

オレはこいつが誰なのかとっくに知っていたが、わざと訊《き》いてやった。

「わたしかね？　わたしは、この再開発計画を取り仕切っている、矢倉という」

「名刺をいただけますか」

慇懃無礼《いんぎんぶれい》に言ってやると、矢倉はどこか不満げな顔でオレに名刺を渡してきた。なるほど、柘植さんと同じ不動産会社の名前が記されている。

「で？　何ですかこの、ぶっそうな機械は」

オレはブルドーザーの方へと顎《あご》をしゃくった。

「何って、あんたらが勝手にわたしの土地を使っているからねえ。その上にあるじゃまなものを、壊そうと思ってね。いや別に、あんたに断る理由もないんだがね――何せ、取り壊すっていうのはわたしの土地の上にある建物だから。誰が建てたかしらんが」

なんて言いぐさだ。無茶苦茶だが――つまりは、こいつが隣家の地主さんから土地を買い上げたってことだろう。

冗談抜きで、遅すぎたってことだ。

「そのボイラー室のあたり以外の、あんたらの土地には手を出すつもりはさらさらないよ。あんたらもわたしに土地を売るとでもいうなら、話は別だがな」

「——権利書を見せてください」

「ん？　疑り深いな、あんたは。どうぞ」

ぺらっと紙を一枚、オレに渡してきた。ざっと目を通す——悔しいが、矢倉の言う通りのことが書いてあるかに見える。土地の譲渡と、その上の建物についても、矢倉に自由にする権利があると。

「さあ、どいてくれ。ブルドーザーにひかれてもしらんよ」

矢倉は、鼻で笑うような顔をしてオレに言った。

「……いやだ」

オレは首を振った。

「ふん。——いいから、始めてくれ」

矢倉が、ブルドーザーの操縦席に向かって合図をした。低い起動の音がして、エンジンがかかる。

「くっ……」

「あ——……！」

オレの背中で、祭里が息を呑《の》んだのがわかった。とても、振り向けなかった。大きな瞳はきっと、今にも涙がこぼれそうになってるはずだ。

(——くそっ)

オレは拳《こぶし》を握った。握った拳で自分を殴りたかった。柘植さんの好意も、みんなの恋之湯への想《おも》いも、これで全部無駄《むだ》になっちまうのか……?

いや。

冗談じゃない——!

オレは今にも動き出しそうな重機の前へと飛び出した。

「お兄ちゃん、……だめぇっ!」

祭里の金切り声が響く。

オレは両手を広げてブルドーザーの行く手を遮った。オレをひけるもんならひけばいいんだ。だって——せめて、今オレにできることと言ったら……!

「ちょっと待って、英一!」

「英一、やめるんだ。そんな必要はない」

と。

両手がそれぞれ捕らえられ、オレは安全な場所へと引き戻された。

(何だ……?)

見ると——さくらと、涼子だ。

「おまえたち、どうして……」

オレが問うのを遮り、涼子は矢倉の前へとつかつかと歩み寄った。

「再開発計画は中止です。ここからそうそうに退去してください、矢倉さん」

「なんだ？　あんたは。何の権利があってそんなことを言っている」

にこり、と。

涼子の美貌《びぼう》が笑んだ。

「わたしは三梨涼子。三梨グループ総帥《そうすい》の娘です。今回のプロジェクトの遂行は、わたしに引き継《つ》がれました」

「な……なんだと？　総帥の娘？」

矢倉の顔色が見る見るうちに変わった。

「ちょっと待て、だからって、どうしてそんな急に——」

「従わないとおっしゃる？　何なら辞令《じれい》をお渡ししましょうか。——あなたはもう、免職の立場にあるんですよ。その理由はご自分の胸に聞けばいい」

きっ、と、涼子の目がきつくなった。

「それともはっきりと言ってさし上げましょうか。あなたの、相当の額の使途不明金が、どこへ流れているのか」

「っ……！」

矢倉はひどく悔しそうに涼子をにらみつけた。が、それ以上何も言わなかった。

「――ともかく帰るぞ！」

矢倉は重機の運転手たちに指示を出し、彼らは恋之湯の前から去っていったのだ。


「……涼子、おまえ――」

「何も言うな。おまえがわたしの身の上に気づいてしまったのもわかっていたし、さくらからも話は聞いたんだ」

だが、三梨グループの名前を使ったということは。

涼子はここを出て、三梨の家に戻ると決めたということになる。

「それでいいのか。家に戻りたくなくて――」

「恋之湯を守る方が重要だ」

涼子はさっぱりと言い切った。その強い瞳に、オレは言葉に詰まった。

でも――。

「おう、なんじゃ！　急いで帰ってくることはなかったのう」

へ？

この聞き慣れたしゃがれ声は……。

「おじいちゃん！」

「重正殿《どの》！」

祭里が、雅美さんと一緒に歩いてくるじいちゃんに駆け寄った。

「おじいちゃん――戻ってきてくれたんだ……」

「悪い悪い。ちょっと遅くなったの」

じいちゃんが祭里の頭をぐりぐりと撫《な》でた。

「……じいちゃん、どうして――」

「ん？　どうしても何もないぞ。祭里ちゃんが地上げ問題が急速に進んでると連絡をくれたから、急いで戻ってきただけじゃ」

なんだよ、祭里はちゃんと連絡がとれる番号知ってたってことか？　ただ、それにしても――。

「でも、世界一周の船旅だったんじゃ……」

「そうじゃよ。まだその途中じゃ」

じいちゃんはけろっと言い切った。

「ちょっと奥の手を使わせてもらって戻りましたのよ。でも問題が解決したらまた旅立ちますし。――でもこれ、不要になってしまったみたいですわね」

胸元のポケットから薄い用紙を出して、雅美さんが苦笑した。

「……なんですか、それ」

「お隣の地主さんから借りている土地の権利書よ。もう、うちが正式に買い取っているの。あの矢倉っていう男が掴《つか》んでいたのがいつの情報だったのか知らないけど、ボイラー室のところの土地も、ちゃんと恋之湯のものよ。——そういえば、さっきあの男から受け取った、権利書とやらをちょっと見せてちょうだい」

「あ……はい」

オレは矢倉の書類を雅美さんに手渡した。

「えーっと——ああ」

少し検分して、雅美さんが苦笑した。

「巧妙に作ってあるけど、肝心なところはごまかしてある書類ね。ちゃんと検証すれば、正式なものではないってすぐにばれるわ」

じいちゃんが嬉しそうに雅美さんの肩を抱いた。

「言ったじゃろう？　雅美は弁護士で頭が切れるって」

うふふ、と雅美さんが笑った。うん、それは本当だ。

「雅美に入れ知恵してもらってな。地上げ問題が始まった段階で、どこをつつかれてもいいように準備万端整えてたんじゃよ」

オレはがっくりと肩を落とした。

「だったらさあ……もっと早く言ってよ、そういうの……」

「――ほんとよ」

オレに同意したのは、さくらだった。さくらも脱力した顔をしている。

「……うちの店、無理に売らなくていいんじゃないの、もう」

「え――？」

涼子がさくらを、やさしい瞳で見やった。

「さくらがわたしに頼んできたのだ。さくらの花屋と引き替えにでもいいから、恋之湯をなんとかしてほしいと」

「さくら……」

そこまでの覚悟を、涼子もさくらもしていたのに。もし、じいちゃんたちが手を回してくれていたのが――わかっていたら。

「……だったら、おまえもそうじゃないか――涼子。おまえだって結局、帰らなくたってよかったってことになる」

涼子が小さく微笑した。

「いいんだ、後悔はしていない。考えに考えた末に、自分で選んだことだ。――それに、さっき矢倉に言った、再開発プロジェクトがすべてわたしに任されたというのは、実は多少はったりではあるんだが……正直、この町をよりよい形で発展させることができるなら、わたしはやってみたい。なるべく昔のままを、残せる形で。だから」

涼子はさくらの肩を軽く叩いて笑った。

「どっちにしても、さくらのところの花屋はそのままにするつもりだった。さくらは心配する必要は全然なかったということなんだ。結局のところな」

「ほんと？」

さくらは目をしばたたいた。

「なぁんだ……まあ、いいか」

さくらは大きく伸びをした。

「いい方に全部片づいたんだし。それでいいよね」

苦笑混じりに笑う。

「――ハッピーエンドが一番でしょ」

「ああ」

オレは頷いた。実際のところ、さくらはひそかにいろいろなことを心配し、気を回していたんだから。冗談めかした口調の陰《かげ》で、不器用に努力して。

そして――オレに、失恋までして。

だからちゃんとさくらには、報いがないといけない。オレはそう感じていた。

「大団円ってとこかな――」

そう言いかけ、恋之湯に戻ろうとした途端。

「たいへんたいへん！　たいへんです！」

駆け出してくる人影と、ぶつかりそうになった。

エレナだ。

「どうしたエレナ、何が起こった？」

「ともかく来てください、庭です、庭に急いでください！」

オレたちは全員、あせるエレナを追って庭に行って。

唖然《あぜん》と。

した。


「まあああみなさん、おそろいで……あら、おじいさまもお戻りでしたか？」

のんきな声で夏流さんが言う。そうか――外で何が起こってたか全然わかってないんだもんなあ。のんきなはずだ。

――ってそれはさておき。

「……なんだ、これ」

庭に立ち並んだオレたち全員が遠巻きに眺めるその中心に、由利がいた。

「へへへへー。いやその、ドリル・ワームでね」

由利は少し困ったように笑っていた。その由利のすぐそばで、大量の水——いや、お湯だな。湯気が見えるよ——が噴き出している。

「なんだか～、埋蔵金発掘の途中で、掘り当てちゃったみたいなんですよ～。温泉」

夏流さんがにっこり笑って説明した。

「温泉ー？」

異口同音にオレたちは叫んだ。

「……ほう、温泉か。雅美、そんなもんがうちの敷地に眠っていたと知っておったか？」

「いいえ、そこまでは。でも早速泉質を調べてみましょう。本当に温泉だったらたいへんなことですわよ」

そして——これはあとで判明することだが、それが正真正銘《しょうしんしょうめい》の天然温泉で、由利は本当にお手柄だったのだ。

ともあれ。

ようやく本当に、これで。

超、大団円というわけだ。

「……お兄ちゃん」

いつの間にかオレの隣りに来ていた祭里が、ぎゅっとオレの手を握った。

「うん」

オレはその手を、しっかりと握り返した。


「お兄ちゃん、入るよ」

ノックの音がして、祭里がお盆《ぼん》を持って部屋に入ってきた。

「──お、冷たい緑茶か」

「うん。水出しにしてみたの」

氷の入った二つのグラスに、透明なグリーンが涼しげだ。

「とりあえず、お茶だけど──」

「ああ。乾杯だな」

オレたちはそれぞれにグラスを持って、そのふちを合わせた。ちん、と澄んだ音が響く。

「……じいちゃんたち、また旅行を続けるんだって？」

「次の寄港予定地に先回りするんだって言ってたけど──ってことは、おじいちゃんってすごくお金持ちなのかな？　……恋之湯の心配する必要、なかったのかな、私」

少し唇を尖《とが》らせる祭里は、だが本気で怒っているわけじゃない。ちょっとだけ拗《す》ねている、という風情だ。——そこがまた、かわいい。

「オレも、じいちゃんの懐具合はよくわからないけどさ。でも、由利の掘り当てた温泉がホンモノだったら、恋之湯はまた繁盛すると思うよ。このあたりで天然温泉に入れる場所なんてめったにないんだし。少なくとも、もう祭里がそんなに悩まなくてもいいさ」

「そうね。……よかったんだよね、これで。昔のままの恋之湯は、守れたんだもんね」

祭里はほっとした笑みを浮かべた。

「私——大事な約束の場所がなくなっちゃったら、すごく哀《かな》しかったと思うしきん、と。

頭の中に、夢の少女がよみがえった。

「祭、里……？　おまえ、今なんて——」

「……え」

じっと祭里はオレを見た。

「お兄ちゃん……忘れちゃったの？」

祭里は緑茶のグラスを置き、オレに手を差し出した。立った小指——震えている。

「指切り。あの日、指切りしたよね。……夏休みの終わり、お兄ちゃんが家に戻る、あの日に」

（ゆーびきり、げんまん……）

（……うそついたら、はりせんぼん、の－ます……）
女の子の声は真剣で。
オレは幼心に、その約束は決してやぶってはいけないんだと、思って。
（――そうだ）
そう思ったじゃないか。
気づいた瞬間、夢の少女の、目深にかぶった麦わら帽子《ぼうし》が風に飛んだ。
そこに現れたのは――泣きそうな瞳をした、祭里。
幼い祭里。
（帰っちゃやだ）
終わる夏に、涙ぐんで。
（ぜったい、おおきくなったら――）
ぐすんと、鼻をすする。
（ここで……また、おにいちゃんと……）
（わかったよ）
頷く少年――オレだ。
（約束だ）
（うん……やくそく……）

「……祭里、だったのか。あれは」

「そうだよ。私。――約束したの。大人《おとな》になったら、ここでまた会おうって、絶対。……だから」

祭里が飛び込んでくる。オレの、胸に。

「うれしかった。おじいちゃんがお兄ちゃんを呼んだって聞いて、――あの約束、守られるんだって思って。……それだけじゃない。昔大好きだったお兄ちゃんは、再会して、いろいろな事件があって、もっともっと――好きな人になったの」

「祭里――!」

オレは祭里の、小さな頬《ほお》を包んで口づけた。

「オレもだよ。ちっちゃな子供だった祭里が、こんなに大人になって――おまえのがんばる姿を見て、……愛《いと》しくて。守ってやりたいって、思った」

「お兄ちゃん……」

「祭里がいたから、オレはがんばれた」

もう一度、唇を重ねる。

「ん、んっ……」

甘い唇。喘《あえ》ぐような息づかい。吐息も、甘い。

「――いいんだな、オレのものにして」

抱きしめて訊《たず》ねると、祭里はただ、こくりと首を縦に振った。


服をすべて取り去ると、祭里はぎゅっと自分の身体《からだ》を抱きしめるようにした。

「どうした。恐いか」

「ううん……」

「無理するな」

口では否定しても、かすかにこわばる表情がそれを裏切っている。オレは、祭里を背中からそっと抱いた。

「こうしてると、あったかいだろ」

「あ——うん……」

少しずつ、緊張がとけていく。オレの腕の中に包み込める、小さな身体。

抱きしめていると、心臓の音が伝わってくる。ちょっと速い。

「お兄ちゃん——いいから、……して」

震える手が、オレの両手を自分の乳房にあてさせた。やわらかくて張りがある、小さなふくらみ。

「祭里——」

「あ……」

オレは手のひらで二つのふくらみをまさぐり、こねた。

「っ——ぁ、んっ……」

ゆっくりと指の間に、小さな果実を挟む。つついただけで、祭里は身体を何度も痙攣《けいれん》させる。

「……気持ちいいか？」

「あ、ぅ……う、ん……んっ、ぁ……」

祭里が頷く。でも頷きより先に、オレの腕の中で祭里の体温が上がっていき、声にも熱さと甘さが混じってくる。

「んっ——！　ぅ、ぁ、……ふ……」

祭里がきゅっと、自分の指を噛んだ。

「ぅ、……く、ぁ——ふっ……」

「いいのに、声を出しても」

さらに乳房の愛撫《あいぶ》を強くすると、祭里は困ったように首を振った。

「んっ、……ぁ、——だ、って……、ここ、……音、聞こえる、よ……ぁ、うっ——！」

「みんな聞いてないふりをしてくれるよ」

由利の掘り当てた温泉騒ぎの時に、祭里とオレが手を握り合っているのを、さくらがしっかりと見ていて、あいつが全員に吹聴《ふいちょう》してまわったのだ——さも冷やかし半分という口調で。

「で、も……んっ、ぁ……恥ずかしい、よ……」

「じゃあ——ほら」

オレは祭里を抱き寄せて、布団《ふとん》の上に横たえた。その上から、キスで唇をふさぐ。

「ぅ……、ん、ふ……」

声を封じておいて、オレは祭里の身体のあちこちにくまなくふれた。すべすべの頬、細い首すじ、寝ても崩れない乳房——そのてっぺんにある、薄紅い、オレのキスを待っている果実。

「ふ、ぅ……ん、んくっ……」

祭里が苦しそうにキスの合間に呼吸をする。オレはまた舌を捕らえて吸い、その間にも手は細い腰を、なだらかな太ももを撫で、想いを伝える。

大事だよ——大好き、だよ。

「ん、ぁ……ぅ——！」

オレの手が、祭里の中心に伸びた時、祭里は目を見開いてオレを見た。

「お、兄ちゃん……」

「恐くないから」

オレは、割れ目をそっと開き、その中で息づいている花びらを静かにまさぐった。

「っ――あ、ぁ……！」

祭里の身体が、びくりとはねる。

指で開いたそこに、オレはやさしく口づけた。

「ぅ、あ……や、ぁ……だめ、だよ、お兄ちゃん、そんな――きたない、よ……」

「ばかだな。汚いなんてことないよ」

唇で花びらを軽く吸い、舌で丹念に舐《な》め上げる。

「はうっ……！　や、ぁっ……んっ、あ、ぁ……ああっ……！」

花びらに埋まった、小さな核を舌先でこすってやると、祭里の奥から、熱いものがわき上がってくる感触があった。舌で絡め取って、飲む。

「ふぅ、ぁぁっ……んっ、あ、あ――……」

青いにおいのするその蜜《みつ》はどこか甘く、育ちつつある女のなまめかしさを含んでいた。

たちまち、オレの中心がさらに硬度を増す――祭里を求めて。

「ん、ぁ、やぁ……お兄ちゃん、やん、……そん、な――……」

「いやじゃないって、祭里の身体は言ってるよ」

「えっ……あ、あっ――」

花びらをかき分けて、祭里の中へと舌を滑り込ませる。ぬるりとした愛液を何度も舌先ですくっては、内側のひだをこすってやる。

「あ、あぁぁっ……んっ、あふ、あんっ……！」

祭里は困惑しながらも、シーツの上で細い身体をのたうたせる。髪のリボンがはずれてほどけ、長い髪が踊った。

「祭里——いいな」

愛撫しているオレの方が、いい加減限界だった。祭里の身体を改めて組み伏せ、いきり立ったものを、祭里の中心に押しあてる。

「う、……う、ん……」

祭里がこくんと頷いた。

「お兄ちゃん——……」

オレたちはぎゅっと手のひらを握り合わせた。そしてそのまま、オレはじりじりと腰を進める。

「あ、ぅっ……あん、は、うっ……！」

祭里の身体が緊張と痛みで、こわばっていく。

「息を吐いて。祭里」

「んっ、……う、ぁぁっ……は、ぁ……」

すがるようにオレの手のひらを強く掴んで、祭里はなんとか息を吐き出そうとする。

オレはタイミングを計って、一気に奥まで貫いた。

「くっ……ぁ――」

途中感じた、かすかなひっかかり。祭里は、オレをずっと待っていたという証拠だった。

「う、あっ――あ、あぁぁっ――！」

祭里がひきつれた叫びを漏らし、その目にかすかに涙が浮かんだ。

「……入ったぞ、祭里」

「あ……う、ん……お兄ちゃん、……うん……お兄ちゃんが、――中に、いる……」

祭里は苦しそうな、でもどこか満足げな笑みを見せた。

「く……ぁ、ぁ……う――」

祭里の中は、ひどく狭かった。埋め込んでいるだけの肉棒が、きつく収縮する内壁に何度も刺激される。

「あ、あっ……」

「ごめん――祭里、動くぞ」

オレはもう、我慢できなかった。祭里の脚《あし》を大きく広げ、少し引き、ぐい、と突く。

「ひあぁぁぁっ――！」

祭里がひときわ高く叫んだ。

「お兄ちゃ、ん……あ、うっ――」

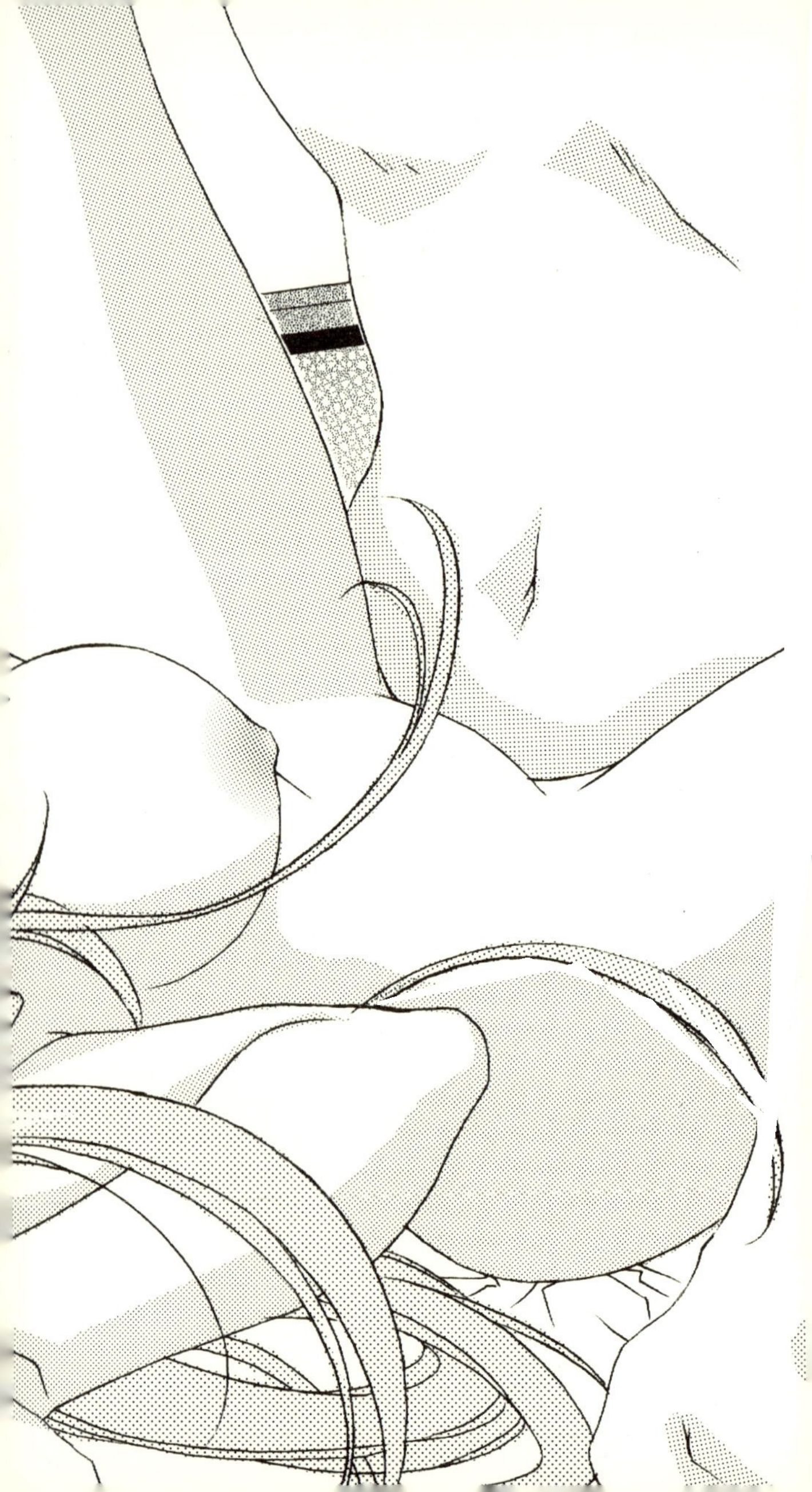

「ごめん――つらいか」

「んっ……、あ……へ、平気……平気、だから……続けて――……お兄ちゃん、の……好きにして……ぅ、あぁぁっ……！」

オレが動くたびに祭里の小さな身体が跳ね、祭里は振り落とされまいとするようにぎゅっとシーツを掴む。

「ぅ、……あぁ、お兄ちゃん……お兄ちゃん――……く、ぁっ……」

祭里はただ、オレを呼び続けていた。それだけが頼りだというように。

「祭里――」

「あ、あぁっ……う、あぁ――」

肉棒を思いきりねじ込むと、みき、と祭里のきゃしゃな身体が音を立てるような気がした。こわしてしまう――でも、止められない。

「はう、あぁっ……んっ、あ――お兄ちゃん、や、あぁぁ……くぅぅっ……！」

抜きかけては突き、根元まで埋め込んでは腰を揺らす。祭里は初めてだというのに、オレはまったく余裕がなくて――祭里の肉に溺《おぼ》れているような気すらした。

「あ、あ……う、――お兄ちゃん、お兄ちゃん……」

祭里の泣きそうな声。貫くたびに、オレを締めつけては震える熱い肉。

「お、兄……ちゃぁん……」

だめだ――。

「ぅ、ぁっ……」

一気に脳天まで駆け上がった射精感に任せて、オレは祭里の中に樹液をほとばしらせた。

「く――あ、ひぁっ……！」

祭里が大きく息を呑み込んだ。さらにきつく収縮する蜜壁に、オレのものは包み込まれ、こすられて、吐精はひどく長く続いた。

「ぁ、あ………」

ようやく身体を離すと、祭里が細く息をついた。汗の浮いた胸が苦しそうに上下している。

「ごめん……」

オレは祭里の髪をそっと撫でた。

「守ってやるって、言ったのにな。――ひどいやり方、した」

「――ううん……」

祭里はうっすらと目を開けて、オレを見た。

「大丈夫、だよ――お兄ちゃん……」

祭里はオレの手を取り、頬にすりつける。

「大事に、して、くれてた……わかった、もん……」

「祭里——」

「お兄ちゃん……」

ひどくきれいな顔で、祭里が、微笑《わら》って言った。

「大好きだよ、……お兄ちゃん——」

エピローグ

しかし、今日はマジで忙しいな。

――って、月に一回の恋之湯サービスデーなんだし、忙しくて当たり前だな。

「いらっしゃいませ！　さあ、どうぞどうぞ、ご自由に何度でもご入浴くださいー」

祭里が、今日は温泉の方の番台でにこにことお客さんを迎えている。忙しいのに絶対に笑顔を絶やさないのは、本当に立派だと思う。

今月は、天然温泉無料開放。あの由利が掘り当てた温泉はなかなかに泉質もよくて、リューマチやら神経痛に効くらしく、じいさんばあさんには特に大好評だ。

「おい、祭里。番台代わろうか？　疲れたろう、少し休め」

「あ！　お兄……じゃなくて」

祭里が、あわてて舌を出した。

「おまえ、時々まだその呼び方が出るな」

「だってずっとお兄ちゃんだと思ってきたから――」

「英一さ～ん、とかダンナさま～、とかマイダーリンとか、呼べばいいのに」

ひやかす声に振り返ると、そこにはさくらがいた。

「あ、さくら、いらっしゃい」

「おまえ、何しにきたんだよ」

「何よ。あたしが温泉入っちゃいけないっていうの？」

「そういうわけじゃないけど」

——オレがオーナー代理を任されたあの夏から数年が過ぎ、オレは大学を卒業して恋之湯を継《つ》いだ。

そして、祭里は今では、オレの奥さんになっている。いい奥さんになるだろうという前評判以上の理想の伴侶《はんりょ》ってやつで、ダンナのオレの方がはるかに情けなくて、時々頭が上がらない。

恋之湯の経営にも祭里は本当に熱心で、毎月のサービスデーの内容を考えるのも祭里だ。そして、それはお客さんたちに毎回好意的に迎えられ、温泉に入れるということもあって恋之湯の利用客は増え、町のひそかな人気スポットになっている。

本当に、たいした奥さんなんだよ。恋之湯のはっぴもよく似合うしな。

「じゃ、入ろうかな。英一、あたしのナイスバディ、見たい？ ——っと、祭里がいる前で言うことじゃなかったか」

さくらのひやかしやからかいは、まったく前と変わる様子もない。ただ、恋之湯に遊びに来る回数は少し減ったかな。

結局花屋は売らずにすんで、でもご両親は郊外《こうがい》に造園も営む花屋をやるという夢を捨てなかったらしい。こつこつお金を貯《た》めて、そっちの準備をしているようだ。

この町にある店はどうやらさくらに任されるらしく、さくらも祭里同様忙しい毎日を送っている。それでも、何か機会があるごとに恋之湯には来てるんだけど。

「ねえ、さくら。今夜、久しぶりに夏流さん戻ってくるよ」

「ほんと！」

夏流さんからは、ゆうべ連絡が入った。正体をなかなか明かさない夏流さんだったけど、実は、彼女の父親はトレジャーハンターで、夏流さんもお父さんと一緒に今はトレジャーハントを続けている。

前に夏流さんが、恋之湯が約束の場所だと言っていたことがある。

夏流さんがまだ幼い頃《ころ》に、恋之湯の埋蔵金を父親が見つけようとしてそれを果たせず、絶対にまたここで発掘作業をやる！と決めた場所だった、ということなんだそうだ。

とはいえ、それはまだ実現してないんだけど。

トレジャーハントの旅を続ける夏流さんだが、やっぱり恋之湯が好きなんだろう。月に一度のサービスデーに合わせて、なるべく戻ってくるようにしているみたいだ。

「じゃあ、涼子ちゃんに連絡いれるわ、あたし。宴会やろ、宴会！」

「ああ、涼子にはもうオレが伝えておいた。夜には来られるって言ってたな」

「あら？　意外と手回しがいいのね、英二」

「いや、昨日、オレに見せたい図面があるとか言って連絡が来たから、ついでにな」

恋之湯を助けるために家に帰った涼子は、そのあと、恋之湯の下宿に戻ることはなかった。

『もう平気だ。恋之湯に住まなくとも、そこにわたしの居場所はあるだろう？』

そう言って三梨グループの総帥《そうすい》の娘として、様々なプロジェクトに関与させてもらっているらしい。帝王学、ってやつだろうな。

あの時行われたこの町の再開発には涼子の意見が相当採り入れられたらしく、地元の商店街の町並みはそれなりに残しつつ、ショッピングモールという形でうまくまとめられた。便はよくなったし、だけど無理な地上げも行われなかった。

オレはそれで相当涼子を見直し、涼子もオレをだんだん信用してくれるようになって、今はけっこう仲がいいんじゃないかな。

オレが大学で都市環境工学を専攻したものだから、涼子はたまに図面を見せにくる。といってもオレの意見なんてたかがしれてるから、そういう理由でもつけて、恋之湯のみんなと会いたいんだと、オレは思ってる。重正のじいちゃんにもな。

「あ、こんばんは！」

「あれ？　さくら、来てたんだ」

と、今度はエレナと由利がやってきた。

「あれ、エレナちゃん、由利ちゃん。二人ともお風呂《ふろ》？」

「そうです。修行の汗を流そうと思いまして」

「わたしは少し実験で煮詰まっちゃってね」

由利の言葉に、さくらがにやっと笑った。

「あら、天才の由利ちゃんでも煮詰まることがあるんだ？」

「……うるさいわね、たまにはあるのよ！　わたしだって。天才にも、気分転換は必要でしょ？　――それにこの温泉、めちゃくちゃ気持ちいいし。なんせ、わたしが掘り当てた温泉なんだから！」

「はいはい」

エレナと由利は、まだ恋之湯に下宿していた。っていうか、ほかの下宿が受け入れてくれるのかなあ、この二人。ニンジャマスターをめざすエレナに、毎日実験と発明に明け暮れるマッドサイエンティスト・由利。じいちゃんみたいに、伊達《だて》と酔狂で生きてるオーナーがそうそういるとも思えないからな。

「さあさあ、三人とも早く入ってらっしゃいよ。今夜は涼子ちゃんと夏流さんも加わって、久しぶりに宴会なんだから！」

「ほんと！　夏流と涼子が来るの！」

「それは楽しみです！」

そしてさくらと由利とエレナは、三人してきゃあきゃあとはしゃぎながら、女湯の方へと入っていった。

「──それにしても、楽しみだね、宴会」

残った祭里が、オレを見て笑った。

「ああ、そうだな」

オレも頷《うなず》く。

「──私、幸せだよ」

「うん。……オレもだ」

オレと祭里は、番台の下でこっそりと手をつなぎあった。

子供の頃の、ように。

約束の場所──恋之湯で。


〈END〉

あとがき

どうもみなさま！　村上早紀です。

なんと、「Bes-ide～幸せはかたわらに～」に続き、今回もF&Cさんの作品をノヴェライズさせていただくことになりまして、すっごく光栄です～！

「ひまわりの咲くまち」は、ほんとに絵がキュートで♪　全員すごいかわいいんですが、あたしはエレナちゃんが個人的には超プリティで大好きです～。あの忍者装束もかわいい……だれかコスプレしてくれませんかね！

それにしても、恋之湯のメンツはみなさんマジで個性派。もうちょっと由利ちゃんに爆走させればよかったかなあ、と思いつつ、そんなことすると誰も止められないよ、と思い改めて、適度なところでとどまってもらいました（笑）。

ああいう暴走キャラは楽しくて大好きなんですけど、物語の中でもどこかへ行ったたっきり帰ってきてもらえなくなっちゃったりするので、なかなか難しいんですよ～。たくさんのキャラクターをうまく動かせる才能がもっとほしいです（泣）。


ところで、この物語の舞台は夏。

今年、初夏から夏にかけて、暑い昼間を避けて早朝に散歩していたりしたんですが。公園に行くとたくさん木があって。いっぱい緑のにおいがして、すごく幸せになります。

それで気づいたんですが。夏になる瞬間、ってあるんですよー。

ある日突然、空気のにおいが違うんです。夏休みのにおいになるの、マジで！

ああ、梅雨があけて夏が来たんだ！と思う瞬間。いいもんですね。

最近はおそろしく暑くなってしまった日本の夏ですが、それでもあたしは夏が好きで。夏バテしまくりなのに好きなんですよー。なんかわくわくするんだよねえ。……とは言いつつこういう仕事ですから、たいていどこにも出かけずに家にいたりするんですが。

なんかさー、夏なんだから「出会い」とか「恋」とかないわけ？とかつっこんでみるのもむなしく。はあ。


さて、話は変わりまして。

スペースがいっぱいあるので、最近好きなものの話でもしてみましょう！（強引）

だいたい昔からわりと面食いなんですが、困ったことに悪いラ●ダーの人にちょっとハマりぎみです……蛇の人です。王蛇。

面食いとはいいつつ、好みはああいうタイプと違ったのに……年を取ると許容量が増えるってことでしょうか。いやいいんですが。

いやだからって、何でもオッケーなわけじゃないんですけど。でもまあ美しいのはいいことですよねえ。しかしあの番組、あんなにきれいな男のコがごろごろ出てきていいんでしょうか。女ラ●ダーも美人だったし（映画も見てるあたり……）。ちょっとお仕事で何度か関係イベントにも連れて行ってもらったんですが、いやはや。ナマはきれいよ、みなさん！　特に松●くんの腕のラインとか！　須●くんの美貌とか！　そして常にイライラしている（笑）王蛇とか！

世の中にきれいなものが増えるのは幸せですね～。はあ眼福……（いつの人だ！）。

というわけで、今回もたくさんの方に迷惑をかけ、いろいろ取りはからっていただきました、ありがとうございました！

特に担当のＩさん、ホントにお手数かけました（ぺこり）。

次回もまた、みなさまに逢えることを祈りつつ……。では！

村上　早紀　拝

ひまわりの咲くまち

2002年10月15日 初版第1刷発行

著　者　村上 早紀
原　作　フェアリーテール

発行人　久保田 裕
発行所　株式会社パラダイム
〒166-0011東京都杉並区梅里2-40-19
ワールドビル202
TEL03-5306-6921 FAX03-5306-6923

装　丁　妹尾 みのり
印　刷　図書印刷株式会社

乱丁・落丁はお取り替えいたします。
定価はカバーに表示してあります。

既刊ラインナップ

定価 各860円+税

1 悪夢～青い果実の散花～
2 脅迫
3 痕～きずあと～
4 慾～むさぼり～
5 黒の断章
6 淫従の堕天使
7 Esの方程式
8 歪み
9 悪夢 第二章
10 瑠璃色の雪
11 官能教習
12 復讐
13 淫Days
14 お兄ちゃんへ
15 緊縛の館
16 密猟区
17 淫内感染
18 月光獣
19 告白
20 Xchange
21 虜2
22 飼
23 迷子の気持ち
24 ナチュラル～身も心も～
25 放課後はフィアンセ
26 骸～メスを狙う顎～
27 朧月都市
28 Shift!
29 いまじねぃしょんLOVE
30 ナチュラル～アナザーストーリー～
31 キミにSteady
32 ディヴァイデッド

---

33 紅い瞳のセラフ
34 MIND
35 錬金術の娘
36 凌辱～好きですか？～
37 My dearアレながおじさん
38 狂＊師～ねらわれた制服～
39 UP!
40 魔薬
41 臨界点
42 絶望～青い果実の散花～
43 美しき獲物たちの学園 明日菜編
44 淫内感染～真夜中のナースコール～
45 My Girl
46 面会謝絶
47 偽善
48 美しき獲物たちの学園 由利香編
49 せ・ん・せ・い
50 sonnet～心かさねて～
51 リトルMyメイド
52 flowers～ココロノハナ～
53 サナトリウム
54 はるあきふゆにないじかん
55 プレシャスLOVE
56 ときめきCheck in!
57 散櫻～禁断の血族～
58 Kanon～雪の少女～
59 セデュース～誘惑～
60 RISE
61 虚像庭園～少女の散る場所～
62 終末の過ごし方
63 略奪～緊縛の館 完結編～
64 Touchme～恋のおくすり～

---

65 淫内感染2
66 加奈～いもうと～
67 PILE・DRIVER
68 Lipstick Adv.EX
69 Fresh!
70 脅迫～終わらない明日～
71 うつせみ
72 Xchange2
73 M.E.M.～汚された純潔～
74 Fu・shi・da・ra
75 絶望～第二章～
76 Kanon～笑顔の向こう側に～
77 ツグナヒ
78 ねがい
79 アルバムの中の微笑み
80 ハーレムレーサー
81 絶望～第三章～
82 淫内感染2～鳴り止まぬナースコール～
83 螺旋回廊
84 Kanon～少女の檻～
85 夜勤病棟
86 使用済～CONDOM～
87 真・瑠璃色の雪～ふりむけば隣に～
88 Treating 2U
89 尽くしてあげちゃう
90 Kanon～the fox and the grapes～
91 もう好きにしてください
92 同心～三姉妹のエチュード～
93 あめいろの季節
94 Kanon～日溜まりの街～
95 贖罪の教室

---

96 ナチュラル2 DUO 兄さまのそばに
97 帝都のユリ
98 Aries
99 LoveMate～恋のリハーサル～
100 恋ごころ
101 プリンセスメモリー
102 ぺろぺろCandy2 Lovely Angels
103 夜勤病棟～堕天使たちの集中治療～
104 尽くしてあげちゃう2
105 悪戯Ⅲ
106 使用中～W.C.～
107 せ・ん・せ・い2
108 ナチュラル2 DUO お兄ちゃんとの絆
109 特別授業
110 Bible Black
111 星空ぷらねっと
112 銀色
113 奴隷市場
114 淫内感染～午前3時の手術室～
115 懲らしめ 狂育的指導
116 傀儡の教室
117 インファンタリア
118 夜勤病棟～特別盤 裏カルテ閲覧～
119 姉妹妻
120 ナチュラルZero+
121 看護しちゃうぞ
122 みずいろ
123 椿色のプリジオーネ
124 恋愛CHU! 彼女の秘密はオトコのコ？

最新情報はホームページで！　http://www.parabook.co.jp

125 エッチなバニーさんは嫌い？
原作：ジックス　著：竹内けん

126 もみじ「ワタシ…人形じゃありません…」
原作：ルネ　著：雑賀匡

127 注射器2
原作：アーヴォリオ　著：島津出水

128 恋愛CHU！ヒミツの恋愛しませんか？
原作：SAGAPLANETS　著：TAMAMI

129 悪戯王
原作：インターハート　著：平手すなお

130 水夏～SUIKA～
原作：サーカス　著：雑賀匡

131 ランジェリーズ
原作：ミンク　著：三田村半月

132 贖罪の教室BADEND
原作：ruf　著：結字糸

133 -スガタ-
原作：May-Be SOFT　著：布施はるか

134 Chain失われた足跡
原作：ジックス　著：桐島幸平

135 君が望む永遠 上巻
原作：アージュ　著：清水マリコ

136 学園～恥辱の図式～
原作：BISHOP　著：三田村半月

137 蒐集者 コレクター
原作：ミンク　著：雑賀匡

138 とってもフェロモン
原作：トラヴュランス　著：村上早紀

139 SPOT LIGHT
原作：ブルーゲイル　著：日輪哲也

---

140 Princess Knights上巻
原作：ミンク　著：前薗はるか

141 君が望む永遠 下巻
原作：アージュ　著：清水マリコ

142 家族計画
原作：ディーオー　著：前薗はるか

143 魔女狩りの夜に
原作：アイル【チーム・Riva】　著：南雲恵介

144 憑き
原作：ジックス　著：布施はるか

145 螺旋回廊2
原作：ruf　著：日輪哲也

146 月陽炎
原作：すたじおみりす　著：雑賀匡

147 このはちゃれんじ！
原作：ルージュ　著：三田村半月

148 奴隷市場ルネッサンス
原作：ruf　著：菅沼恭司

149 新体操（仮）
原作：ぱんだはうす　著：雑賀匡

150 Piaキャロットへようこそ!!3 上巻
原作：エフアンドシー　著：ましらあさみ

151 new～メイドさんの学校～
原作：SUCCUBUS　著：七海友香

152 はじめてのおるすばん
原作：ZERO　著：南雲恵介

153 Beside～幸せはかたわらに～
原作：F&C・FC03　著：村上早紀

154 Only you 上巻
原作：アリスソフト　著：高橋恒星

---

155 性裁 白濁の禊
原作：ブルーゲイル　著：谷口東吾

156 Milkyway
原作：Witch　著：島津出水

157 Sacrifice～制服狩り～
原作：Rateblack　著：布施はるか

158 Piaキャロットへようこそ!!3 中巻
原作：エフアンドシー　著：ましらあさみ

159 忘レナ草 Forget-me-Not
原作：ユニゾンシフト　著：雑賀匡

160 Silvern～銀の月、迷いの森～
原作：g-clef　著：布施はるか

162 Princess Knights下巻
原作：ミンク　著：前薗はるか

163 Realize Me
原作：ミンク　著：高橋恒星

164 Only you 下巻
原作：アリスソフト　著：高橋恒星

166 はじめてのおいしゃさん
原作：ZERO　著：三田村半月

167 ひまわりの咲くまち
原作：フェアリーテール　著：村上早紀

169 新体操（仮）淫装のレオタード
原作：ぱんだはうす　著：雑賀匡

好評発売中！

〈パラダイムノベルス新刊予定〉

☆話題の作品がぞくぞく登場！

169.はじらひ

ブルーゲイル　原作
星野杏実　著

大手広告代理店に勤める倉石牧人は、仕事に疲れて１カ月の休暇をひなびた山村で過ごすことにした。彼はその村で巫女の三人姉妹と出会う。純粋な少女たちに心ひかれてゆく牧人。だがその村にはある秘密が…。

157.水月～すいげつ～

F&C・FC01　原作
三田村半月　著

病院のベッドで目覚めた透矢は、すべての記憶を失っていた。そんな彼を助けてくれるメイドや友人たち。その中で、クラスメートの那波にだけは見覚えがあった。彼女は、透矢が夢の中で何度も殺した少女だった。